AF191555

Gerd Tesch

Verschwörung im Schinderhannesturm zu Simmern

Geschichten

Illustriert von Norbert Thinnes

Die Deutsche Nationalbibliothek verzeichnet diese Publikation in der Deutschen Nationalbibliothek; detaillierte bibliographische Daten sind im Internet über http://dnb.d-nb.de abrufbar.

Umwelthinweis:
Dieses Buch wurde auf chlorfrei gebleichtem Papier gedruckt.

© 2024 Gerd Tesch
Verlag: BoD · Books on Demand GmbH, In de Tarpen 42,
22848 Norderstedt
Druck: Libri Plureos GmbH, Friedensallee 273,
22763 Hamburg

1. Auflage
Layout und Cover: Manuela Wirtz, Schüller
Coverbild: Norbert Thinnes

ISBN: 978-3-7597-9475-8
Printed in Germany

Gerd Tesch

Verschwörung im Schinderhannesturm zu Simmern

Geschichten

Illustriert von Norbert Thinnes

Der literarische Text weiß mehr als sein Verfasser.
Kurt Drawert

Kann man einen Ort vermissen, an den man nicht zurückwill?
Stephan Thome, Fliehkräfte

Inhalt

Der Schinderhannesturm ist als Handlungsort Leitmotiv des erzählten Geschehens in vierzehn Geschichten.

Im Verlies des *Schinderhannesturms* zu Simmern findet ein geheimbündlerisches Treffen zwecks Manipulation der Bürgermeisterwahl statt. Ausgerechnet am *Vatertag* werden drei AFD-Lokalmatadore bei Grillpartys in der VG Simmern zur Zielscheibe: Schussattacken aus dem Hinterhalt? *Nur ein Verdacht* und *Die Reise in ein vergessenes Wir* lassen erahnen, wie vorsichtig man mit Schuldvorwürfen umgehen sollte. *Das erste gemeinsame Foto* ermutigt, einen Neubeginn zu wagen, den der *Gelbe Schnürsenkel* verneint. Der *Künstlertreff im „Schinderhannesturm"* lässt einige Hunsrück-Kennern vertraute Persönlichkeiten aufeinander treffen. Ein *Bruderzwist* spitzt sich zu im Schinderhannesturm. Beim zwanzigjährigen *Klassentreffen* im Turm wiederholen sich ungewollt die jahrelang unbewusst antrainierten Schülerrollen-Spiele. Der dunkelhäutige *Robin Bückler* soll in einer Neuverfilmung den „Schinderhannes" spielen. In der *Generalprobe* spielte er die Rolle des „Menschenfresser(s)" in der gleichnamigen schwarzen Komödie. *Geschwätzigkeit* illustriert auf einer Geburtstagsparty im Schinderhannesturm die Abgründe von ideologischem Besserwissertum. *Geteilte(s) Laster* erzählt von einer Autorenlesung im Turm. Surreales geschieht im *Gespensterturm?* - ein Spiel mit dem Titel-Genre. Das *Familiengeheimnis* zu entschlüsseln ist für die Leser leichter als für die Ermittler.

© N. Thinnes

Verschwörung im *Schinderhannesturm*

Nichts ist unglaubwürdiger als die Wahrheit.

Ein grauer Märzbeginn, nicht regnerisch, aber trüb. Der Tag gleitet in einen düsteren Abend.

Leonhard sieht dem Geheimtreffen im Schinderhannesturm mit gemischten Gefühlen entgegen. Ein gefährliches Spiel, auf das er sich eingelassen hat. Doch die Sache ist es wert. Und auf Doktor Mureau und seine Entourage ist Verlass. [1] Als er in den (beigen) Trenchoat geschlüpft ist, schwankt er zwischen Hut oder Schirm; er entscheidet sich für Letzteres, weil er dem Grau des Tages trotzen, ihm einen Farbtupfer entgegensetzen möchte, und sei es nur das kräftige Blau des Schirms. Miesepetrig und übellaunig möchte er keineswegs in den Ring steigen. Es geht um viel. In der Sache ist er bestens vorbereitet. Aber er muss seine Nerven im Griff haben und er muss auf Unvorhersehbares gefasst sein. Die Leute, mit denen er die Dinge auf den Weg bringen will, gehören alle derselben politischen Glaubensgemeinschaft an; sie sind mit allen Wassern gewaschen. Jeder kocht zudem sein eigenes Süppchen. Aber am Schinderhannesturm führt kein Weg vorbei.

Den Ort hat man nicht zufällig ausgewählt. Immerhin gelang es Johannes Bückler, genannt Schinderhannes, 1799 aus dem Gefängnisturm in Simmern zu entfliehen, geht es Leonhard, in sich hineinschmunzelnd, durch den Kopf.

Entschlossen bricht er auf. Die Entscheidung für den Schirm war so richtig wie die für das Politabenteuer, das nun Fahrt aufnehmen wird. Nieselregen setzt ein. In den fünfzehn Minuten Fußweg bis zum Ziel geht er minutiös noch einmal gedanklich die Schritte durch, die nach seiner Einschätzung zielführend sind, und ruft sich die Argumente in Erinnerung, die er und Mureau für mögliche, wenn nicht gar wahrscheinliche Einwürfe ersonnen haben.

Eine Frau im Regenmantel und mit Zwergpinscher kommt ihm in der zunächst überraschend menschenleeren Fußgängerzone entgegen. Sie bleibt stehen, hebt den triefnassen Köter auf und wartet. Als er auf gleicher Höhe ist, grüßt er: „Guten Abend." Sie erwidert nichts. Der Pinscher kläfft. Der Glockenklang der Stephanskirche fährt dazwischen. Vor dem Pro-Winzkino hat sich eine Schlange gebildet: *The Zone of Interest* läuft an. In der Obergasse umlagern Jugendliche einen knallroten Oldtimer, ein Hingucker. Leonhard macht einen Bogen um die lärmende Horde. Ein Buckliger in einem Regencape rempelt ihn an und grummelt, ohne aufzublicken, vor sich hin, blicklos wie jemand, der in einer Tasse rührt.

Ein Bärtiger mit kurzgeschorenen dunklen Haaren in einem grauen Maßanzug bewacht den vor Regen schützenden, überdachten Eingang zum Verlies des Schinderhannesturms und starrt Leonhard an. Er nennt das Codewort und der Mann lässt ihn wortlos passieren, wobei ein schräges Grinsen über sein kantiges Narbengesicht huscht. Das karge Mauergewölbe hat eine der Situation angemessene Mischung aus Licht und Schatten, redet Leonhard sich ein. Er wundert sich, dass er anscheinend als erster da ist. Seine Armbanduhr zeigt zwanzig Uhr fünfzehn, pünktlich also. Er setzt sich ans Kopfende des klobigen Holztischs, den man in der Senke des unwirtlichen Raums platziert hat. Er stellt den Kragen seines Trenchcoats hoch und zieht den Gürtel enger. Ein Laptop liegt wie ein Fremdkörper verwaist auf dem Tisch. Modriger Geruch steigt Leonhard in die Nase. Er wartet. Nichts tut sich. Nach geschlagenen fünfzehn Minuten steht er auf und geht zu der wuchtigen Eingangstür. Sie ist verschlossen. Verdammt! Was geschieht hier gerade?

Als er den Türgriff nach unten drückt, ertönt eine metallische Kunst-Stimme aus einem Lautsprecher über der wuchtigen Eichentür: „Guten Abend, Doktor Aron. Sie nehmen als einziger physisch teil. Wir wussten: Auf Sie ist Verlass. Öffnen Sie den Laptop. Auf einem Zettel finden Sie die Zugangsdaten."

Schweißperlen bilden sich auf Leonhards Stirn. In was für eine Falle ist er getappt? Blindlings ist er in das Verlies gestolpert. Das in einer schießschartenartigen Maueröffnung nach hinten versetzte Mini-Fenster wird soeben von Regenschauern gepeitscht; es wäre kein Fluchtweg. Die Rinnsale auf der matten Scheibe zeichnen Grimassen, die ihn zu verhöhnen scheinen. Warum ist er nicht stutzig geworden, dass dieses Verlies und nicht der vorzeigbare Turmbereich ausgewählt wurde? Wer führt hier was im Schilde?

© N. Thinnes

Will man ihn einschüchtern? Seine Standfestigkeit auf die Probe stellen? Vermutlich will man auf Nummer sicher gehen, zumindest das Abhörrisiko minimieren.

Ihm bleibt nichts anderes übrig, als der Anweisung zu folgen. Nach wenigen Minuten ist er einer Zoom-Konferenz zugeschaltet. Deren Teilnehmer hat er zuvor nie zu Gesicht bekommen. Er kennt nur die Anfangsbuchstaben ihrer Namen. Die metallische Kunststimme eröffnet die Sitzung. Eine Person zu der Stimme sieht man nicht. Eine KI?, schießt es Leonhard durch den Kopf. Jedenfalls gibt es zu dieser kalten, schneidenden Stimme kein Gesicht.

„Unser Ziel ist klar: Doktor Aron ist unser Mann. Er muss und er wird Bürgermeister von Simmern werden. Damit eröffnen sich uns neue politische Horizonte."

Der Äther sendet Beifallsklopfen. Leonhard weiß nicht, ob ihn das beruhigen sollte.

„Unser Finanztopf", sagt A., „also der Topf der *Schinderhannespartei* ist gut gefüllt. Sie wissen, wem wir das auch zu verdanken haben."

A. macht eine bedeutungsvolle Pause, die von den zugeschalteten, nun grinsenden Teilnehmern mit einem Nicken quittiert wird.

„Die Marketing-Maßnahmen laufen an, sobald wir zu Potte kommen, möglichst heute Abend."

„Haben Sie ein Konzept", will B. von Aron wissen, „wie wir die beiden Gegenkandidaten aufs Abstellgleis schieben können?"

„Sonst wäre ich nicht hier", entgegnet Leonhard selbstbewusst. „Die Kandidatin der Grünen hat ein Verhältnis mit einem Freund, der eingeweiht ist und mir diesen Gefallen getan hat. Sie ist Wachs in seinen Händen."

„Sehr gut!", sagt die Metall-Stimme.

„Und den gemeinsamen Kandidaten von CDU, SPD und Freien Wählern habe ich in einen Korruptionssumpf schlittern lassen, aus dem er so schnell nicht herauskommen wird."

„Bestens!", sagt die Metall-Stimme.

„Welche Unterstützer haben Sie, Herr Aron?", will C. wissen.

„Da kann ich mich voll und ganz auf unseren Willmeroder Parteifreund Jakob Muheim [1] verlassen. Der hat über seine

Immobilien- und Grundstücksgeschäfte in Simmern willfährige Kombatanten rekrutiert."

„Auch gut!", sagt die Metall-Stimme.

„Vorkehrungen für Unerwartetes?", will D. wissen.

„Ich habe einen Spitzen-Informatiker an der Angel. Der weiß, wie die erstmals zum Einsatz kommenden Stimmen-Auszähl-Apparate funktionieren und hat Zugang dazu. Als junger Familienvater braucht er Geld. Und er ist politisch auf unserer Seite."

„Sehr gut!", sagt die Metall-Stimme.

„Zwei zentrale Termine für Wahlkampf-Auftritte habe ich vorgesehen", sagt A. „Sie werden dafür professionell vorbereitet, Doktor Aron. Eine Freundin von A. W. wird Ihnen die nächsten Monate nicht mehr von der Seite weichen. Sie haben doch in Ihrem Haus ausreichend Platz, oder?"

Leonhards Gesicht läuft rot an.

„Doch, ja", stammelt er. Wie bringe ich das nur meinen beiden Minago-Frauen (1), insbesondere Beatrice bei?, fragt er sich insgeheim.

„Bestens", sagt die Metall-Stimme.

„Ansonsten läuft unser Werbefeldzug über Social Media", ergänzt B.

„Wir sollten uns auf drei bis vier Themen konzentrieren", flicht Leonhard ein. „Themen, die kommunalpolitisch allen unter den Nägeln brennen: bezahlbarer Wohnraum, Bildung, Arbeit und Migration."

„Ihre diesbezüglichen Vorschläge lassen Sie uns zukommen, Herr Doktor", sagt B. „Wir gehen davon aus, dass Sie unsere eigentlichen politischen Ziele meisterlich zu verpacken verstehen."

Bevor Leonhard antworten kann, beendet die scharfe Metall-Stimme die Sache und bittet per Mausklick um Zustimmung. Sekunden später endet die Zoom-Sitzung.

Im selben Moment wird die Turmtür vom narbengesichtigen Wächter geöffnet. Wie benebelt schlurft Leonhard an ihm vorbei ins Freie. Der Regen hat aufgehört. Die Luft ist rein.

Nichts darf schiefgehen. Die Lunte ist gelegt. Die Bombe muss zum richtigen Zeitpunkt platzen. Nur dann kann sie den erwünschten politischen Supergau erzeugen.

Die vermeintliche Schwachstelle ist keine. Christian Mureau ist Profi.

Metall-Stimme wird zum Rohrkrepierer mutieren.

Hoffentlich wird die ihm angekündigte Assistentin, die nichts anderes ist als das Kontrollorgan der Partei, ihn nicht aufs Glatteis führen. Leonhard kennt seine eigene Schwachstelle und wird auf der Hut sein müssen.

Falko, der Journalist der Hunsrück-Zeitung, hat Lunte gerochen. Minago, der Club der umtriebigen Senioren, wird ihn einfangen müssen. Das Sommerloch will gefüllt werden. Die Wahl findet erst im Oktober statt. Beatrice schlägt einen Wettbewerb rund um das Thema Bürgermeisterwahl vor: Im Lokalteil der HZ sollen die besten Kurzgeschichten veröffentlicht werden. Den Auftakt macht die *Verschwörung im Schinderhannesturm.*

1. Gerd Tesch: Die Leiche vorm Altar. 2024

© N. Thinnes

Vatertag

„Am gestrigen Vatertag wurde im Rhein-Hunsrück-Kreis auf drei Männer geschossen: in Simmern, Külz und Kümdchen. Ein Mann wurde tödlich getroffen, einer erlitt einen Streifschuss, der dritte kam mit dem Schrecken davon. Alle drei hatten jeweils an den üblichen Grillpartys aus Anlass des Vatertags teilgenommen. Über potenzielle Täter schweigt die Polizei sich ebenso aus wie über Tatumstände. Die drei Attackierten sind in der Region aktive AFD-Mitglieder. Ob es weitere Verbindungen zwischen den Opfern gibt, die Rückschlüsse auf Täter und Tatmotive zuließen, darüber kann allenfalls spekuliert werden. Vatertag, parteipolitische Orientierung und Tatorte in einer Verbandsgemeinde (Simmern) lassen allerdings vermuten, dass dies keine zufällige Konstellation ist. Die Polizei-Inspektion Simmern bittet dringend um Hinweise von Zeugen."
(Meldung der Rhein-Hunsrück-Zeitung)

„Oberstaatsanwältin Löwenbrück macht Druck", teilt Hauptkommissarin Corinna Schmidt als Leiterin der Soko „Vatertag" am Morgen nach demselben ihrem Ermittlungsteam mit.

„Kein Wunder", knurrt Oberkommissar Jörg Bachmann, „die Stimmung ist mehr als aufgeheizt. Und die heutige Nachricht der RZ sorgt nicht gerade für Beruhigung."

Sein Blick geht zur Zeitung auf dem Konferenztisch.

„Was wissen wir bislang?", fragt die Soko-Chefin und lässt ihren Blick kreisen. „Viel war gestern Abend ja nicht herauszubekommen. Die Leute waren total von der Rolle, konsterniert, fassungslos, ratlos. Nicht gerade wenige hatten einen über den Durst getrunken. Chaos allenthalben. Schüsse wie aus heiterem Himmel. Völlig unklar, woher. Keiner schien etwas zu wissen. Versteinerte Gesichter hatten dicht gemacht."

Kommissarin Beate Wunderlich fasst den Stand der Dinge zusammen: „Alle drei Männer sind Hunsrücker, Mitte bis Ende vierzig. Auf sie wurde gestern Abend geschossen, zwischen neunzehn und einundzwanzig Uhr mit einem jagdüblichen Gewehr.

Gregor Gewehr aus Külz war auf der Stelle tot: Schuss mitten durch die Stirn."

„Zumindest ein Scharfschütze, der sein tödliches Handwerk versteht", sagt Corinna trocken.

„Oder mehrere", sagt Beate. „Die beiden aus Simmern und Kümdchen hatten Glück. Die Kugeln verfehlten sie nur um Haaresbreite, abgesehen von dem Streifschuss meine ich. Wenngleich … Zeitrahmen und Ortsnähe könnten es auch einem Täter (oder einer Täterin) ermöglicht haben, oder?"

Sie kaut nachdenklich auf einer blondierten Haarsträhne herum, was ihr Lebensgefährte Jörg (nicht zum ersten Mal) mit ärgerlichem Räuspern quittiert, das Röte in Beates schmales Gesicht treibt.

„Die KTU arbeitet mit Hochdruck daran, die Tatwaffe (oder Tatwaffen) anhand der sichergestellten Geschosse und der Ortsgegebenheiten zu bestimmen", informiert Corinna.

„Warum gerade am Vatertag?", fragt Kommissar Castor in die Runde.

„Eine der zentralen Fragen, Lukas", sagt Beate. „Wird mit negativen Vatererfahrungen und dem unsäglichen Sauftag zu tun haben, oder?"

„Peinliche Karikatur des Muttertags, oder?"

„Beate stimmt ihrer Chefin mit einem Kopfnicken zu. „Immer für eine Realsatire gut."

„Einer der drei Attackierten ist kein Vater", sagt Castor. „Gregor Gewehr aus Külz."

„Soweit uns bisher bekannt ist", gibt Bachmann zu bedenken.

„Du hast Recht, Jörg", pflichtet Schmidt ihm bei. „Der Vatertag als Tatzeit ist kein Zufall. Wir müssen alles über die Opfer wissen, jede Kleinigkeit kann wichtig sein. Aber da sage ich euch ja nichts Neues."

Grinsende Gesichter.

„Den Gewehr übernimmst du, Lukas. Falk Hagen aus Simmern ist dein Fall, Beate. Und Jörg recherchiert zum Kümdcher Wagner. Ich kümmere mich um (hoffentlich) eingehende Zeugenhinweise. In einem nächsten Schritt müssen wir die Saufkumpane aller drei Grillpartys vorladen. Ausgenüchtert erinnert sich der eine oder andere vielleicht."

„Da wäre ich mir nicht so sicher", wendet Bachmann ein.

„Wie das?"

„Deine Beobachtung der versteinerten (und ich ergänze: der schweigenden) Gesichter. Ich kenne die Dörfler vom Hunsrück. Die machen dicht. Eine Krähe hackt der anderen kein Auge aus."

„Wie meinst du das?"

„Vielleicht kriege ich's raus, wenn ich meine Kontakte aus Fußballerzeiten spielen lasse."

Er fährt sich mit einer Hand über die gebräunte Glatze.

Corinna schaut ihn aus großen Augen an und nickt. „Tu das, Jörg!"

„Da geht der eine oder andere Stammtisch-Abend ins Land", stöhnt Beate und Jörg tätschelt schmunzelnd ihre Wange. „Hoffentlich nicht bis zum nächsten Vatertag!", entfährt es ihr mürrisch.

Jörg Bachmann hat sich zum Donnerstag-Stammtisch seiner früheren Fussballkumpel im *Pferdestall*, so der Name der alten Dorfkneipe in Külz, selber eingeladen. Seit er mit Beate liiert ist, taucht er erstmals wieder dort auf, wo man sich früher nach den Spielen traf, um beim Bier Niederlagen in Siege umzumünzen.

„Oh, uuse Kommissa lääbt aach noch!", wird er mit einer Mischung aus Ironie, Misstrauen und Neugier von der korpulenten, resoluten Wirtin empfangen. Noch ist er der einzige Gast (am Stammtisch).

„Mach ma 'n Bier, Melissa", sagt er.

Als sie ihm das frisch Gezapfte auftischt, fragt er sie geradeheraus: „Der Gregor Gewehr. Wat war dat für ena, Melissa?"

„Doher weht de Wind. Daachd ich ma's doch ", grummelt die Wirtin, planzt sich gleichwohl für einen Moment neben ihn.

„Eingefleischda Junggesell, der imma mo wat se laafe hot. De ene ore annere is, wie ma sich denge kann, saua uff dene. Awa bringd ma jemand dodevoor um?"

„Un sust?"

„Na ja, bei da AFD hora mitgemischt. Wie aach de Wagner Fred aus Kiimsche, de jo aach fast ins Gras gebiss hot."

„Aha", sagt Bachmann mit hochgezogener Braue. „Wie is dat aankumm bey da Leyd, isch mään die AFD-Numma?"

„Obsdes glääbst ore nit, Jörg, viel Zustimmung. Die zwo hon mäschdisch uff de Butz gekloppt. Hon jo aach wat im Kasde. Studierte Leyd äwe."

Bei diesen Worten geht die Tür auf und spült drei Stammtischler herein, die sich mit finsteren Blicken zu Bachmann gesellen.

„Där Bulle missd de Frägad, dä de Gregor umgebraacht hot, hordisch am Schlawidsche kriie", schlägt es ihm sogleich entgegen.

„Nid lang faggele, am besde so", tönt ein anderer und streicht mit der Handkante am Hals entlang.

Und der dritte Mann sieht den Täter entweder bei dem „linge Gesocks" oder „däne Flischtlinge, die bei uus vahätschelt wäre". „Dat homma nou dovun."

„Gewehr wurde mit einem präzisen Schuss durch die Stirn getötet", stellt Bachmann nüchtern fest.

"Jawoll, Herr Kommissar!", antwortet man ihm wie aus einem Mund.

„Professionelle Killer, die homma der Merkel seit zwofuffzeen se verdange", knurrt einer.

Bachmann lässt seinen Blick von einem zum andern wandern und sagt dann: „Warum wurden gerade Gregor Gewehr, Fred Wagner und Falk Hagen am Vatertag zu Zielscheiben?"

„Honn die wat uffm Keabholz? Dat heer isch ous deyna Fro rous", herrscht ein anderer Bachmann an.

„Is jemand von euch debey gewes?", fragt der ungerührt.

„Isch war auf'm Grillplatz in Külz", sagt der mit der Handkante und seine Augen flackern.

„Dou warst domols de besde Torwart, Klaus", hebt Jörg an. „Adlerauge. Jeden Schuss host dou blitzschnell uffm Schirm gehat. Is dir nix uffgefall?"

Klaus kratzt sich am Hinterkopf. „Dat hot misch dey Kolleesch aach schun gefroot. Isch hon nogedoocht. Un isch mään, dat do jemand in de Wald gelaaf is, also dat Schdig, wo ma vum Grillplatz ous ensiin kann."

Bachmann lässt ihm Zeit und beobachtet, wie die anderen angespannt lousdere, wat de Klaus gesaat hot.

„Mhm. „Isch mään, dat war 'n Fraa."

„Nit se glaawe", entfährt es der Korpulenten hinter ihrer Theke, die routiniert Biere zapfend und Gläser polierend, ebenfalls gebannt zuhört.

„Awa die war maskeert."

„Mach mo fünef Bier, Melissa", ruft Bachmann. „Awa nit so viel Schaum."

„Kann awa nit garendeere, dat dat so war", schränkt Klaus ein. „Sekunnesach."

Jörg Bachmann nickt und lenkt seine Worte auf ein anderes Terrain: „Kickt Ihr noch inna Altherremannschaft?"

„Un ob", antwortet man ihm im gleichen Atemzug, hebt die Krüge und stößt miteinander an.

Er verspricht, demnächst auch wieder dabei sein zu wollen. „Wenn Beate es mir erlaubt."

Da wird die Tür aufgestoßen und ein scheinbar Besoffener torkelt herein.

„It hot nit de Falsche erwischt", stammelt der angeschlagene Mann im dunkelgrauen Trenchcoat mit irrlichterndem Blick Richtung Stammtisch.

„Raphael?", entfährt es Bachmann, und er eilt auf den alten Freund und Mannschaftskameraden zu, den er seit Jahren nicht gesehen hat.

Der sinkt in seine Arme. Unter dem sich öffnenden Trenchcoat ist das T-Shirt im Bauchbereich blutgetränkt.

Bevor Raphael das Bewusstsein verliert, tropft ein verstümmeltes Wort von seinen rissigen, trockenen Lippen: „Schinnahannest ..."

Dann stürzt ein Schwall Blut aus seinem Mund und ergießt sich über Bachmanns Hose.

Mit tatkräftiger Unterstützung der Wirtin leistet Bachmann erste Hilfe und schickt einen Notruf ab. Bereits zehn Minuten später trifft der Arzt ein und man transportiert den Verletzten ins Simmerner Krankenhaus.

Bachmann informiert seine Kollegen.

Eilends sucht Kommissarin Schmidt mit Lukas Castor den Schinderhannesturm auf. Die Tür zum ersten Stock ist sperrangelweit offen. Im zentralen Ausstellungsraum hat offensichtlich ein Kampf stattgefunden: Auf dem dunklen Holzfußboden liegen Stühle um einen umgestürzten Tisch herum. Hereinschießende Strahlen der untergehenden Abendsonne spiegeln sich in einer Blutlache. Ist es Raphael Paliks Blut? Die KTU ist gefragt. Wen hat Palik hier getroffen? Hat es mit seiner geheimen Mission zu tun oder mit seinem Beruf? Der Turm soll schließlich umgebaut werden. Wie kam es zu der blutigen Auseinandersetzung? Wo ist der Kontrahent abgeblieben? Hat jemand im Umfeld des Turms etwas beobachtet?

„Als Spieler war Raphael eine Offenbarung", schwelgt Bachmann in Erinnerungen, „als Mensch ein Schweiger, verschlossen, undurchschaubar, den meisten gegenüber unnahbar."

„Also nicht dir gegenüber", stellt Beate Wunderlich nüchtern fest.

„Er ist der Onkel von Sina Theis, der unehelichen Tochter von Gregor Gewehr", weiß Castor zur allgemeinen Überraschung zu berichten. „Nur er und Sinas Mutter wissen um diese verheimlichte Vaterschaft."

Lukas schaut in die Runde, aufmerksamkeitsheischend. Seine Kollegen verdrehen die Augen.

„Wichtig für uns dürfte seine eigentliche Aufgabe sein. Er ist im Auftrag des LKA verdeckter Ermittler in AFD-Kreisen. Also Kollege von uns. Offiziell arbeitet er als Bauingenieur in der Firma Gewehr. Der Firmenchef ist übrigens Grundschullehrer. Fragt mich nicht, wie das zusammenpasst."

„Nicht auszuschließen, dass Paliks Identität aufgeflogen ist", mutmaßt die Soko-Chefin, Castor einen anerkennenden Blick zuwerfend.

„Nach den Attentaten auf drei lokale AFD-Granden vielleicht ein Racheakt?", spekuliert Beate Wunderlich.

„Jedenfalls ist es sein Blut auf dem Fußboden im Schinderhannesturm", informiert Castor.

© N. Thinnes

„Morgen werde ich Rapha nach Auskunft der Ärzte besuchen können", sagt Bachmann.

„Hat er keine Familie?"

„Hatte, Beate", sagt ihr Lebensgefährte mit finsterer Miene.

Urplötzlich steht ein Schweigen laut im Konferenzraum der Polizei-Inspektion Simmern.

„Ach, damit ich's nicht vergesse", sagt er dann in die Stille hinein, „ein Stammtischler, Teilnehmer der Külzer Grillparty, will gesehen haben, dass eine Maskierte nach dem Todesschuss auf Gregor Gewehr in den nahegelegenen Wald gelaufen sei."

„Eine Frau?", fragt Soko-Chefin Schmidt überrascht nach.

„In der Tat, Corinna. Und den Zeugen halte ich für glaubwürdig."

„Wer, in Gottes Namen, könnte das gewesen sein?"

„Ich erhoffe mir morgen einen Hinweis von Rapha, Corinna", sagt Bachmann. „Bin gespannt, was seine Nichte beruflich macht."

„Die ist Leutnant bei der Bundeswehr. Cyberabwehr. Ausgebildete Scharfschützin der Infanterie."

„Warum rückst du erst jetzt damit raus, Lukas", ärgert sich Bachmann.

Castor zuckt mit den Schultern und fügt hinzu: „Sie lebt übrigens mit einer Kollegin zusammen."

„Offizierslesben also", entfährt es Bachmann, womit er sich den abschätzigen Blick seiner Lebensgefährtin einhandelt.

Wunderlich fragt nach: „Wissen wir, wer die Lebenspartnerin ist?"

„Sie heißt Paula Judith Stern, ist wie Sina Theis vierundzwanzig und ebenfalls Leutnant. Ich hoffe, bald Genaueres zu erfahren."

„Dieser verflixte Vatertag hat uns ein Mordsding (im wahrsten Sinne des Wortes) aufgehalst", sagt Corinna zu ihrem väterlichen Freund Leonhard. Sie hat ihn zum Abendessen in ihre neue Wohn-Essküche eingeladen. Sozusagen als Versuchskaninchen nach ihrem Kochkurs. Auch Arons Gourmet-Expertise weiß sie zu schätzen.

„Nichts anderes habe ich von dir erwartet", sagt er schmunzelnd und stößt, Messer und Gabel lobenden Blicks beiseite legend, mit ihr an. Den Tesch-Riesling hat er zu Hecht-Suppe und

Gemüse-Gratin beigesteuert. „Der Ingwer hat dem eine verführerische Aura eingehaucht."

Corinna strahlt.

„Mordsding also", sagt er nachdenklich.

Corinna nickt.

„ Minago kann euch vielleicht helfen."

„Echt jetzt?", fragt sie verwundert. Das Trio rüstiger Senioren hat als gewieftes Hobbyermittlerteam in der Vergangenheit bereits in dem einen oder anderen Fall die Polizeiarbeit tatkräftig unterstützt.

„Vatertag", sagt er, „Vatertag ist in allen drei Fällen der Zugangscode zum Motiv."

„Etwas in der Art vermuten auch wir."

„Und ich weiß es."

Arons Augen verengen sich zu Schlitzen, ein ungewöhnlich harter Zug fährt über sein Gesicht.

Corinna stockt der Atem. Lange und gut genug kennt sie ihn, um zu wissen, wann er etwas verdammt ernst meint.

„Ich habe den Sohn von Fred Wagner unterrichtet/war sein Mittelstufenklassenlehrer/Max hat unter dem Schläger-Vater gelitten/der auch seine/Max, Mutter gepiesackt hat/den Proleten hätte man hinter Gitter bringen müssen/aber jeder/der sein Opfer war/hat geschwiegen/als Rechtsanwalt/Fußballschiedsrichter und Gemeinderatsmitglied hat er sich ein Strahlemann-Image zurechtgezimmert/das Anschuldigungen unglaubwürdig gemacht hätte/so die Befürchtung/Max hat seinen Frust kanalisiert und wurde Sportschütze/ein sehr erfolgreicher übrigens/und sein mieser Vater hat sich tatsächlich auch noch in dem Licht des erfolgreichen Sohnes gesonnt."

Ohne Punkt und Komma hat Leonhard seine Erinnerung abgespult und spült nun seine Erregung mit einem kräftigen Schluck hinunter.

„Bitter!", sagt Corinna und nippt an ihrem Glas. Sie steht auf, um das Küchenfenster zu öffnen. Wie zum Hohn zwitschern die Spatzen auf der Regenrinne nach einem Regenguss.

„Aber der Max, einer meiner symathischsten und klügsten Schüler, der hat die Kurve gekriegt."

„Aha?"

„Er studiert an der FU Berlin Politikwissenschaft, sehr zum Ärger des Vaters. Noch mehr ärgert der sich, weil sein Sohn sich am entgegengesetzten Rand des politischen Raums positioniert hat: Er ist Mitglied der Linken, obwohl (oder weil) die Partei aktuell im Fahrstuhl nach unten ist."

„Klare Kante gegen den Vater, dem er die Stirn bietet", sagt Corinna.

„Unlängst traf ich Max in der *Schatzinsel.* Buchhändler Werner hatte ihm antiquarisch Manfred Schneiders Standardwerk ‚Das Attentat' besorgt. Max ist gegen Nationalismus, Atomkraft und für die Willkommenskultur, um nur einige Beispiele zu nennen ...“

„... die den AFD-Vater auf die Palme bringen", ergänzt Schmidt stirnrunzelnd.

Leonhard nickt, räuspert sich und fährt fort: „Annemie hat in ihrer Badenharder Grundschule eine von Gregor Gewehr verleugnete uneheliche Tochter unterrichtet. Zu Falk Hagen kann dir unsere Ärztin Beatrice vielleicht etwas Wichtiges sagen; ich meine dir, Corinna, nicht der Hauptkommissarin Schmidt."

Mit großen Augen hat sie Leonhard zugehört und nickt.

„Aber ich muss mit den beiden reden, ob sie das tatsächlich möchten; ich meine dir Dinge anvertrauen, die eigentlich hinter verschlossenen Türen bleiben sollten."

„Wenn's der Wahrheitsfindung dient ...?“

„Geschenkt", wischt Leonhard Corinnas Bemerkung zusammen mit ein paar Krümeln vom Tisch.

„Ich habe mir das lange und gut überlegt, Corinna", sagt Beatrice, denn das Arztgeheimnis verpflichtet mich eigentlich, darüber zu schweigen. Aber die Sache tut mir in der Seele weh."

Klugerweise schweigt Corinna und schaut Doktor Winter mit freundlich-gewinnendem Blick an.

„Nun, ein Klassenkamerad, mit dem ich seit Schulzeiten freundschaftlich verbunden bin, unterrichtete an der IGS Kastellaun", sagt Beatrice mit zunächst geschlossenen Augen, „eine Oberstufenschülerin, die ihm nach Lektüre des *Faust* anvertraute, auch sie sei schwanger. Nach einer Karnevalsfeier habe ein Falk Hagen sie zum Sex gezwungen. Und dieser Falk, frisch verheiratet und gerade

Vater geworden, habe ihr gedroht, wenn sie nicht abtreibe, werde er sie und das Kind ‚vernichten'. Zu einer Anzeige konnte der Lehrer sie leider nicht bewegen. Soweit die Kurzfassung."

„Aber die Dinge haben einen anderen Verlauf genommen", vermutet Corinna.

„So ist es. Die Familie zog weg, da der Vater der Schülerin, ein Bundeswehroffizier, der in Kastellaun stationiert war, kurzfristig nach Münster versetzt wurde. Dort suchte die junge Frau mich in meiner gynäkologischen Praxis auf. Es gelang mir, sie zu überzeugen, das Kind zur Welt zu bringen und in die Obhut einer Pflegefamilie zu geben."

„Was ist aus Mutter und Kind geworden?"

„Da muss ich passen, liegt lange Jahre zurück", bedauert Doktor Winter, stutzt dann aber und fügt hinzu: „Wenn ich mich recht erinnere, habe ich mal beiläufig gehört, die Tochter Paula Judith Stern sei bei der Bundeswehr."

„Attentate auf drei Männer Mitte bis Ende vierzig, die allesamt, um es vorsichtig zu formulieren, ihrer Vaterrolle nicht gerecht geworden sind. Sie wurden am Vatertagabend innerhalb von zwei Stunden in der Verbandsgemeinde Simmern jeweils mit Schüssen aus circa hundertfünfzig Metern Entfernung attackiert, einer tot, einer verletzt, Streifschuss am Ohr wie letztes Jahr bei Trump. Die dritte Kugel schlug in eine Eiche hinter dem Liegestuhl von Falk Hagen ein. Zwei Kugeln stammten aus derselben Waffe, nicht aber die dritte, die Fred Wagners Ohr erwischte und im Grill landete. Die Tatwaffen fehlen.

Die drei Männer sind im bürgerlichen Leben angesehen, beruflich erfolgreich, als Fußballschiedsrichter in der Region gefürchtet; als scharfzüngige Redner sitzen sie für die AFD in Gemeinderäten. Zeugenaussagen lassen vermuten, dass zumindest in einem Fall eine Täterin infrage kommt. Nicht beweisbar, aber plausibel, dass die drei von ihren leiblichen Nachkommen attackiert wurden, dass also das Rachemotiv handlungsleitend war. Die beiden Frauen, als Scharfschützen ausgebildete Bundeswehroffiziere, die verpartnert sind, geben sich wechselseitig Alibis. Der männliche Tatverdächtige, Max, als Kind misshandelter Sohn des Angegriffenen, hat kein

Alibi. Er lebt alleine. Befragungen zu den potentiellen Tätern lassen nicht vermuten, dass sie gewaltbereit sind, im Gegenteil. Alle drei sind bestens beleumdet. Zeugenhinweise sind weder eindeutig noch hinreichend, nicht Gerichtsverwertbares jedenfalls. Habe ich etwas vergessen?"

Hauptkommissarin Corinna Schmidt schaut in die Runde.

„Die Beerdigung Gewehrs findet am kommenden Samstag statt, um vierzehn Uhr in Külz, Urnenbestattung", informiert Lukas Castor.

„Sollte die Tatperson die Chuzpe haben, auf dem Friedhof zu sein? Wie wird sie sich verhalten? Sehen und gesehen werden gilt hier im besonderen Maße. Was könnte sie verraten?"

„Das sind die entscheidenden Fragen, Beate", sagt Corinna. „Vielleicht hilft uns das weiter. Wäre nicht das erste Mal. Wir beide werden es am Samstag beobachten."

„Ich versuche ehrlich zu sein. Was Sie zu irritieren scheint. Das wundert mich."

„Ehrlich?", fragt Hauptkommissarin Schmidt Leutnant Sina Theis.

„Zunächst einmal mir selbst gegenüber. Erst dann ehrlich, was die Sache angeht, derentwegen Sie mich … ja was denn? Verhören?" Sie fixiert ihr Gegenüber, die dunklen Augen weit geöffnet und die Unterlippe unter die obere gezogen.

„Es geht um Ihre Zeugenaussage, Frau Theis. Um nichts anderes."

Mit einem wissenden Lächeln wischt sie die beschwichtigende Bemerkung der Kommissarin beiseite und sagt: „Nun gut. Ich war auf der Beerdigung meines biologischen Vaters Gregor Gewehr. Im Leben bin ich ihm nie begegnet. Er war, wie mir zu Ohren gekommen ist, ein Hallodri. Ich schaute also zu, wie man die Urne mit der Asche eines Hallodri in die Erde beförderte. Wie ich mich dabei gefühlt habe, wollen Sie wissen? Ehrlich gesagt: Nichts habe ich dabei gefühlt. Diese Erfahrung habe ich machen müssen. Sie ist befreiend."

„Und wie nahmen Sie die Nachricht auf, dass er Opfer einer Gewalttat geworden war?

„Ein Fremder wurde erschossen. Deshalb war ich auf der Beerdigung."

„Deshalb Ihr nur flüchtiger Moment am Grab?"

„Gut beobachtet, Frau Kommissarin. Vor Ihnen muss man sich ja in Acht nehmen."

„Die aktuelle Lebensgefährtin des Toten ..."

„... spielte am Grab die Trauernde", setzt sie Schmidts Satz fort, die Worte mit besonderer Sorgfalt wählend. „Beerdigungen haben oft etwas Theatralisches. Was soll's. Interessiert mich nicht."

„Was ich Ihnen im konkreten Fall nicht abnehme, Frau Theis!"

Der schroffe Ton, mit dem Schmidt sie anfährt, provoziert ein kaum merkliches Zucken in den Wundwinkeln von Sina Theis.

„Sie sind Scharfschützin?", wechselt Schmidt abrupt das Thema.

„Und zwar eine verdammt gute, Frau Kommissarin."

„Der Präzisionsschuss aus gut hundertfünfzig Metern Entfernung ..."

„... hätte von mir sein können, keine Frage!", bringt sie Corinna Schmidts Satz zu Ende. „Warum aber hätte ich das tun sollen?"

„Sagen Sie's mir."

„Der Mann hat mir nichts getan."

„Abgesehen davon, dass er Sie gezeugt hat, ohne dafür einzustehen."

„Geschenkt. Nicht einmal meine Mutter hat ihn für die eine Nacht verantwortlich gemacht."

Die Kommissarin schaut sie an mit einem Blick, der zu sagen scheint: Kein Wort glaube ich Ihnen. Doch sie sagt: „Sie sind aus Überzeugung bei der Bundeswehr?"

„So wie Sie, Frau Schmidt, vermutlich aus Überzeugung Polizistin sind."

„Ihre leiblichen Eltern sind beide Lehrer. Überzeugungstäter?"

„Keine Ahnung. Ist das wichtig?"

„Vielleicht. Mhm. Gregor Gewehr hat biografische Notizen hinterlassen."

„Interessieren mich nicht."

„Ich habe Ihnen mal eine Seite kopiert", sagt die Kommissarin unbeirrt und reicht ihr die Seite her.

Sina Theis zögert kurz, faltet dann, ohne draufzuschauen, das Papier zusammen und steckt es in die Innenseite ihrer Uniform.

„Als ich Mitte zwanzig war, redete ich mir ein, mit einer Schauspielerin leben zu wollen, genauer gesagt mit einer Traumfrau wie Audrey Hepburn als Holly in *Frühstück bei Tiffany*, mit einem Gesicht, das, wie Truman Capotes Ich-Erzähler schrieb, ‚nicht mehr ganz in der Kindheit zu Hause war und schon einer Frau gehörte'. Heute, da ich bald fünfzig bin, würde ich immer noch gerne mit der Schauspielerin leben wollen. (Allerdings möchte ich mich nicht in eine Frau verlieben, die schon lange tot ist.) Aber was sollte eine Schauspielerin mit einem Lehrer anfangen? Oder mit dem Chef einer Baufirma? Es macht die Leute übrigens kirre, sich nicht erklären zu können, wie ich das alles unter einen Hut kriege. Nicht nur dieses Geheimnis werde ich für mich behalten.

Tatsache ist: Ich habe mich mal wieder auf eine junge Frau eingelassen, die keine Schauspielerin ist. Gleichwohl ist sie nicht bloß das, was sie zu sein vorgibt; sie ist auch das, was andere von ihr glauben, ja sogar das, was sie in den Augen Wildfremder ist usw. usf. Sie denkt zum Beispiel, ihr fehle es an Selbstbewusstsein und sie sei allenfalls mäßig klug. Dabei glauben, vermute ich, Leute, die sie kennen, sie sei selbstsicher, wenn nicht gar arrogant und klüger als die meisten von ihnen. Von Äußerlichkeiten ganz zu schweigen: Sie ist schlank und nicht, wie sie sich vorgeblich einredet, vollschlank. Gut, dass wir uns nicht allzu oft sehen. Beruflich ist sie anscheinend vielfach unterwegs. Wenn ich nachdenke, wer und was sie wirklich ist, finde ich Widersprüche zuhauf.

Vielleicht erklärt sich so mein unentwegtes Faible für eine echte Schauspielerin. Deren Ticks und Tricks sind ihrer jeweiligen Rolle eingeschrieben und diese Rolle ist berechenbar. Leider werden die Schauspielerinnen immer jünger, je älter ich werde. Sollte ich vielleicht aus Selbstschutz weniger ins Kino gehen? Nein, ich stehe zu meinen Spleens. Basta! ...

Ich frage mich, was Sina sagen würde, bekäme sie diese Zeilen in die Hände."

Kaum hat sie die Polizei-Inspektion verlassen, überfliegt sie hastig die Seite. Sie schaut nach oben, schaut in die Augen der Kommissarin, die sie aus dem Fenster beobachtet. Sina Theis zögert nur kurz, dann deutet sie, die flache Hand vor der Stirn, den Daumen angelegt, den militärischen Gruß an, als verabschiede sie sich ein zweites Mal.

„Eiskalt, beherrscht und aalglatt, diese Frau Leutnant Theis", berichtet die Soko-Chefin ihrem Team.

„Den Eindruck hatte ich schon bei der Beerdigung", bestätigt Beate Wunderlich.

„Auch bei der Zeugenbefragung keine emotionale Regung", sagt Corinna Schmidt. „Nur eine kaum merkliche Irritation, als ich auf die Freundin des Opfers hinwies."

„Wir hatten bereits bei der Trauerfeier den Eindruck, dass diese Laura Manteuffel Sina Theis nicht unbekannt ist."

„Euer Eindruck trifft ins Schwarze", wartet Lukas Castor erneut mit einer faustdicken Überraschung auf. „Manteuffel ist die Ex Paula Sterns, der Lebenspartnerin von Sina Theis."

„Wie bitte?", entfährt es seinen Kollegen wie aus einem Mund.

„Und alle drei kennen sich von ihrer Offiziersausbildung in Fürstenfeldbruck und in München her. Alle drei sind obendrein ausgebildete Scharfschützen."

„Was für ein Wespennest, äh Lesbennest", stöhnt Jörg Bachmann theatralisch.

„Sina, Paula, Laura. Donnerwetter, was für ein teuflisches Dreigestirn", seufzt seine Lebensgefährtin Beate.

„Sina und Paula, die verleugneten Töchter der Zielscheiben Gregor Gewehr und Falk Hagen. Und Laura als trauernde ‚Witwe'", sinniert Schmidt. „So etwas kann man sich kaum ausdenken."

„Haben die beiden Hunsrückerinnen die Manteuffel auf Gewehr und Hagen angesetzt?", rätselt Bachmann. „Eine perfide Dreiecksgeschichte?"

„Denk-, aber nicht beweisbar, Jörg", meint Lukas. „Übrigens, Manteuffel? Klingelt's da nicht bei euch?"

„Sag schon, Schlaumeier", knurrt sein Kollege.

„Die hat einige Generäle und Politiker im adligen Stammbaum."

„Wir laden die drei Damen gemeinsam vor", entscheidet die Soko-Chefin. „Staatsanwältin Löwenbrück muss das über die Bundeswehr hinkriegen."

„Paula Stern haben wir bislang als einzige noch nicht zu Gesicht bekommen", bemerkt Beate Wunderlich, „seltsam, oder?"

„Paula Judith", korrigiert Corinna Schmidt und dabei schießt ihr ein Gedanke durch den Kopf, den sie aber nicht preisgibt: der Rache-Engel, den sein Erzeuger Falk Hagen glaubte vor der Geburt vernichtet zu haben. Sie erinnert sich ans Alte Testament.

Da ist zu lesen: „Judith: ,Heute ist mein Leben in mir höher gestiegen als all die Tage seit meiner Geburt.' … Dann trat sie an den Bettpfosten zu Häupten des Holophernes und nahm von ihm sein Schwert herab. … Sie schlug zweimal mit all ihrer Kraft auf seinen Nacken und schlug ihm sein Haupt ab." (Buch Judith, 17f.)

Nicht zum ersten Mal konfrontiert Kommissar Castor seine Kollegen der Soko „Vatertag" mit einem Befund, der eine Korrektur ihrer Ermittlungsstrategie erzwingen wird.

„Es gab kein Attentat auf Fred Wagner."

Bachmann verschluckt sich an seinem Kaffee. „Willst du uns veräppeln?"

„Nein, nein, Jörg", entgegnet Lukas ungerührt. „Die Sache hat mir ein Kumpel vom LKA gesteckt, gezielt vermute ich. Ein Schuss, den jemand im Suff versehentlich abgefeuert hat, wurde zum Attentat umfunktioniert. Eine Schramme am Ohr ist keine große Sache, oder?"

Er blickt in die Runde und erntet verhaltene Zustimmung.

„Die Exekution des Gregor Gewehr hatte sich wie ein Lauffeuer im Külztal ausgebreitet, und zwar bis zum Kümdcher Vatertags-Grill. Die AFD-Propaganda reagierte prompt und instrumentalisierte die Sache zu ihren Gunsten."

„Aus der Opferrolle lässt sich politisches Kapital schlagen", raunt Wunderlich. „Bundestagswahlen stehen vor der Tür."

„Angenommen, dem ist so", überlegt die Soko-Chefin. „Wer sagt uns, dass nicht auch die fehlgeschlagene Attacke auf Falk Hagen gefaked ist?"

Wunderlich entgegnet trotzig: „Die Kugel im Baum hat die KTU sichergestellt und sie ist nach deren Analyse aus derselben Waffe abgefeuert worden, die Gregor Gewehr getötet hat. Dessen Tod ist nun mal Fakt."

In das nachdenkliche Schweigen hinein sagt Lukas Castor: „Wir müssen eine undichte Stelle in der Schweigewand finden. Kann doch nicht sein, dass die Burschen alle auf Teufel komm raus zusammenhalten."

„Kann doch sein, Lukas", grummelt Jörg. „Erinnert euch, was ich bereits zu Beginn unserer Ermittlungen vermutet hab."

„Dann müssen wir Druck aufbauen", fordert Beate, ohne zu wissen, wie. „Wo siehst du eher Chancen, Jörg?", fragt seine Chefin augenrollend. „In Kümdchen oder Simmern?"

„Ganz klar in Simmern. Auf dem Dorf, da halten die zusammen wie Pech und Schwefel."

„Dann stellen wir denen eine Falle. Ich habe da eine Idee."

Soko-Chefin Schmidt hat die Liste der Simmerner Vatertägler mit ihrem Friseur studiert; dessen Insider-Kenntnissen vertraut sie, um das schwächste Glied in der Kette herauszupicken.

„Herr Monnerjahn, danke, dass Sie unserer Vorladung unverzüglich gefolgt sind."

„Blieb mir ja nichts anderes übrig, Frau Hauptkommissarin", sagt er mit flackerndem Blick.

„Sie arbeiten im Landratsamt. Probezeit?", kleidet Bachmann seine trockene Feststellung in eine Frage.

„So ist es, Herr Kommissar."

„Ganz schön anstrengend, wenn man des Nachts zwei kleine Bälger ertragen muss, oder?"

„Meine Frau ...", stammelt Monnerjahn.

„... muss als Krankenschwester recht oft in der Nacht arbeiten?" Mit hochrotem Kopf nickt er.

„Teilzeit geht auch für sie nicht. Das Haus muss schließlich abbezahlt werden."

Erneut nickt Monnerjahn, die Stirn gefurcht.

„Kein Wunder, dass Sie des Öfteren unausgeschlafen zum Dienst erscheinen, oder?"

Monnerjahns Nasenflügel vibrieren.

„Jemand, der mit Ihnen am Vatertag gegrillt hat, hat es uns gesteckt: Sie seien ‚ein ausgemachter Waffen-Narr‘", wechselt Corinna Schmidt mit tonloser Stimme das Thema.

„Na ja", sagt er verdruckst, „ich bin im Argenthaler Schützenverein."

„Nun, die Kugel im Baum, die beinahe Falk Hagen niedergestreckt hätte, die stammt aus derselben Waffe wie die tödliche Kugel auf Gregor Gewehr aus Külz."

„Und was hat das mit mir zu tun?", stottert er mit angstgeweiteten Augen.

„Sie, Herr Monnerjahn", übernimmt wieder Bachmann, „sie sind der einzige, der sich mit Schusswaffen auskennt."

„Sie unterstellen mir doch nicht ..."

„Herr Monnerjahn", fährt Kommissarin Schmidt ihm humorlos in die Parade, „für uns ist die Sachlage klar: An dem Vatertagsabend ist kein einziger Schuss gefallen."

Verschämt schaut er auf seine Fußspitzen.

„Falk Hagen hatte die Idee. Stimmt's?"

Monnerjahns Augenlider bleiben gesenkt.

„Sie müssen nichts sagen; es reicht, wenn Sie mir nicht widersprechen."

„Jemand muss der KTU die vermeintliche Tatkugel untergejubelt haben", mutmaßt Bachmann, nachdem Monnerjahn wie ein begossener Pudel die Platte geputzt hat.

„Und wir ahnen beide", bejaht seine Chefin, „wer dahinter steckt."

„Er hat Glück gehabt", lässt der Chirurg, der Raphael notoperiert hat, Kommissar Bachmann wissen. „Ersparen Sie ihm Aufregung. Er ist noch sehr schwach."

„Wer hat dir das angetan, Rapha?", fragt Jörg und zeigt auf den Wundverband.

„Ich bin in eine Falle getappt. Keine Ahnung, wie ich vom Turm nach Külz gekommen bin. Den Rest kennst du."

„Irgendein Verdacht?"

„Ja. Lange Geschichte. Wenn ich wieder bei Kräften bin. Okay?"

„Noch eine Frage?"

„Wenn's sein muss, Jörg."

Müde nickt Raphael. Doch dann fallen ihm erschöpft die Augen zu.

Drei Tage später sitzt Bachmann erneut seinem früheren Freund gegenüber, der wieder einigermaßen zu Kräften gekommen ist.

„Man hatte mich unter einem Vorwand zum Schinderhannesturm gelotst."

„Man?"

„Computerstimme. Nicht unüblich, dort, wo ich unterwegs bin."

„Vorwand?"

„Mitschnitt vom Flugschreiber. Der Flugzeugabsturz."

Bachmann nickt wissend und sagt: „Also abseits deines LKA-Jobs."

„Davon ging ich aus. Meine Schwachstelle, Jörg."

„Verstehe."

„Kaum hatte ich die Eingangstür passiert, stürzte sich eine Person auf mich. Die konnte ich in Schach halten. Aber aus dem Hinterhalt sprang jemand auf mich zu und stieß mir das Messer in den Bauch. Sie machten sich aus dem Staub. Was danach geschehen ist, liegt im Nebel."

„Würdest du die beiden wiedererkennen?"

„Waren maskiert. Etwa meine Größe. Deutlich jünger. Mehr hab ich nicht auf dem Schirm."

„Fakt ist", sagt Jörg, „dein Golf stand vorm Pferdestall und deine Blutspuren, die wir im Schinderhannesturm gesichert haben, waren auch in deinem Auto."

„Vermutlich habe ich mich wie in Trance zum Auto gequält. Statt ins Krankenhaus fuhr ich zum Pferdestall. Weiß der Teufel, was mich da geritten hat. So es denn so war. Ich wollte wohl nicht wahrhaben, was geschehen war. Aber, wie gesagt, so erkläre ich mir das Ganze. Ohne es zu wissen."

„,It hot nit de Falsche erwischt.' Das waren bis auf den Hinweis auf den Schinderhannesturm deine letzten Worte, Rapha."

„Das habe ich gesagt?", fragt er entgeistert.

„Du erinnerst dich nicht?", wundert sich Bachmann.

Raphael nickt.

Meintest du vielleicht ,deinen Chef', den Gregor Gewehr?"

Raphael zuckt die Achseln.

„Hast du der KTU die Patrone untergejubelt?", wechselt Bachmann abrupt das Thema.

„War mit dem LKA abgestimmt. Mein Glaubwürdigkeitsnachweis in der Szene."

„Muss ich das verstehen, Rapha?"

„Ist eine vertrackte Geschichte."

„Etwas in der Art dachten wir uns", sagt Bachmann. „Die Zusammenarbeit lässt allerdings mal wieder zu wünschen übrig."

„Wir wollten kein Risiko eingehen, Jörg."

„Und doch bist du ins Messer gerannt."

„Keine Ahnung, ob mich jemand enttarnt hat. Keine Ahnung, wer mich attackiert hat."

„Auch keine Ahnung, wer den Gewehr erschossen hat?"

„Vermutlich 'ne private Geschichte. An der bin ich nicht interessiert."

„Auch keine Vermutung?"

„Mhm", zögert er, um dann doch mit einem Hinweis herauszurücken: „Schaut euch mal die Manteuffel an", grummelt er, ohne mit der Wimper zu zucken. „Wie gesagt, nicht meine Baustelle."

„Bei meinem ersten Besuch hier hast du was von einer langen Geschichte angedeutet, Rapha."

„Wenn ich dieses ehrenwerte Haus verlasse, Jörg."

„Okay."

„Nur so viel: Für eure Ermittlungen, also die Aufklärung des Falls Gewehr nicht wichtig."

„Wir haben aber nun auch deinen Fall aufzuklären, Rapha. Du wärst fast draufgegangen. Schon vergessen?"

„Stimmt", grinst er schräg und kann ein Stöhnen nur mühsam unterdrücken. „Dann könnte", grübelt er, „meine Geschichte für euch, sagen wir mal, doch nicht so ganz uninteressant sein."

„Lass hören, Rapha!"

„Übermorgen werde ich entlassen. Gedulde dich so lange!"

Er schindet Zeit, geht es Bachmann durch den Kopf, als er das Krankenzimmer verlässt.

„Raphael hat vor sieben Jahren Frau und Kind bei einem Flugzeugabsturz verloren. Ein durchgeknallter Pilot. Du erinnerst dich?"

Corinna nickt und sagt: „Der Schinderhannesturm also ein vermeintlicher Treffpunkt, tatsächlich aber eine Falle. Und er hat keinen Schimmer, wer sie aufgestellt hat?"

„Sagt er."

„Und du glaubst ihm."

„Mit seiner Tragödie spielt Raphael nicht", antwortet Bachmann mit fester Stimme.

„Warum zögert er es hinaus, dir seine ‚lange Geschichte' zu erzählen, Jörg?"

„Er wird sich mit seinem LKA-Kontaktmann beraten wollen."

„Ob und wenn, wieviel er preisgeben könnte?"

„Sehe ich auch so, Corinna. Er will seinen Auftrag nicht vollends gefährden."

„Vielleicht zieht man ihn ab?"

„Habe ich auch dran gedacht. Weil er aufgeflogen sein könnte. Weil es für ihn, wie leider geschehen, zu gefährlich geworden ist."

„Nicht auszuschließen, dass das LKA bei uns aufschlägt, oder?"

„Wenn man", antwortet Bachmann, „zu der Auffassung gelangt, dass der tödliche Anschlag auf den AFD-Mann Gewehr nicht rein privat motiviert ist."

„Dann würde man uns den Fall entziehen."

„Ansonsten wird man uns nicht in die Suppe spucken", sagt Bachmann. „Wovon ich ausgehe", sagt die Soko-Chefin.

„Schamlos hat die AFD den gewaltsamen Tod ihres Parteimitglieds ausgenutzt", sprudelt es aus Soko-Chefin Schmidts Mund. „Der tote Gregor Gewehr, er hat das Zeug zum Märtyrer."

Da hat jemand mächtig Dampf im Kessel, wundert sich Beate.

„Ohne zu zögern, okkupierten die AFD- Lokalmatadore Wagner und Hagen die Opfer-Rolle. Wozu?"

Schmidts fackelnde Blicke scannen die Gesichter der Teammitglieder, die an ihren Lippen hängen.

„Um in Trump'scher Verschwörungsmanie politisches Schmierentheater als Provinzposse aufzuführen. Unfassbar!"

Wunderlich wartet einen Moment, um dann nüchtern die Kehrseite der unrühmlichen Medaille zu entziffern: „Gregor Gewehr wurde erschossen, von Paula Judith Stern. Raphaels Andeutungen lassen das jedenfalls vermuten, Jörg, oder?"

Der zuckt mit den Achseln.

„Sina Theis sollte Falk Hagen liquidieren, ebenfalls am Vatertagsabend. Was aber fehlschlug."

„Spekulationen, Beate", knurrt Bachmann. „Wir haben uns doch verdammt noch mal darüber bereits die Köpfe zerbrochen! Mag ja für dich plausibel sein, dass eine Lesbe jeweils für die andere in die Täterrolle schlüpft. Tarnung, vielleicht auch ein Stück weit psychische Entlastung usw. usf. Das alles ist aber leider kaum beweisbar, oder?"

„Allenfalls Laura Manteuffel könnte auspacken", leistet Lukas Castor seiner Kollegin unerwartete Schützenhilfe. „Schließlich war sie mal die Lebensabschnittsgefährtin von Sina Theis."

„Na und?", knurrt Bachmann.

„Möglicherweise hat sie sich an Gregor Gewehr herangepirscht?

„Warum sollte sie das tun, Lukas?"

„Aus einem ganzen Kopf voller Gründe. Neugier auf den Typ? Um ihn und das lokale Umfeld auszukundschaften? Warum auch immer."

„Wozu?"

„Generalstabsmäßige Planung dreier junger, weiblicher, männerverachtender Offiziere. Ein medeaartiges Spinnen-Netz? Nicht logisch, aber psychologisch stimmig, Jörg."

„Deine blühende Phantasie!", wehrt der brüsk ab und handelt sich prompt einen Konter ein: „Ohne Phantasie bleibt man im eigenen Denk- und Wahrnehmungsgefängnis gefangen, Jörg."

„Warum sollte die Manteuffel auspacken, Lukas?", fährt seine Chefin, die genervt dem Geplänkel zugehört hat, dazwischen.

„Hat nicht ein jeder seine Schwachstelle?", gibt er keineswegs klein bei.

„Wie kriegen wir's hin, dass sie genau deshalb auspackt?", provoziert sie mit einer Gegenfrage. „Wäre das nicht die bessere, die zielführende Frage?"

Mit dieser Spitze hat sie Castors Ehrgeiz angestachelt.

„Verstehe, worauf du hinauswillst, Corinna", sagt er.

„Du wirst das schon hinkriegen", sagt Bachmann grinsend.

„Ich schon!", unterläuft Lukas die Ironie des Kollegen. Er ist guter Dinge, in das Geheimnis des feministischen Dreigestirns eindringen zu können. Erfahrung, Witz und Charme waren schon immer gute Türöffner. Doch was, wenn es gar keine Tür gibt? Oder er die falsche Tür öffnet?

In seine mäandernden Gedanken hinein schneiden Polizeisirenen.

Geiselnahme im AFD-Büro. Oberstraße. Drei Maskierte haben sich mit Hagen und Wagner im Schinderhannesturm verbarrikadiert (ein weiteres Dreigestirn).

Der SWR-Praktikant Max Wagner, Powi-Student mit hartem, wettergegerbtem Gesicht, rückt an. Er hält der Maskierten, die mit ihrer Knarre schräg vor der Brust in der Eingangstür aufkreuzt, ein Mikro unter die Nase. Den feurigen Blick voller Genugtuung über das Rudel vor dem Turm schweifen lassend, sagt sie mit fester, maskulin getönter Stimme: „Unsere Mission erfüllt sich soeben."

Wie zum Beweis dringt aus dem Inneren des Gewölbes der Nachhall eines Schusses.

„Realität oder Fake?", fragt Max mit einem Begleitton, der (ungewollt?) Sympathie anklingen lässt.

„Die Einschaltquoten sind okay?", fragt die Maskierte zurück. Sie akzentuiert das Wort zweifach: o-kay.

„Sehr okay!", sagt Max.

Ihre Augen glänzen.

„Dann wird man hoffentlich öffentlich über unsere Aktion nachdenken."

„Warum dann die Maskierung?"

Sie zeigt mit dem Daumen über die Schulter nach hinten zum Turm und raunt: „Unsre Antwort auf die Biedermann-Masken von Hagen und Co."

© N. Thinnes

Schrittweise zieht sie sich in den Turm zurück.

Im selben Augenblick, als sie die schwere Tür ins Schloss fallen lässt, setzt ein Platzregen aus donnerndem roten Himmel ein, peitscht gegen den Turm. Schwertfische könnten durch die Luft schwimmen; eher unwahrscheinlich hingegen, dass eine Drohne sie durchdringen könnte.

Der Wind hat die gaffende, grummelnde Menge durchpustet. Pitschnass stieben die Leute auseinander, stolpern und schliddern fluchend davon.

Am nächsten Tag rätselt die HZ:

„AFD-Hagen im Schinderhannesturm liquidiert? Wagner, die zweite Geisel, im Schlepptau von drei maskierten Frauen in einem bereitgestellten SUV auf der Flucht wie weiland der Namensgeber des Kerkerturms? Der endete später am Galgen in Mainz. Oder steckt etwas ganz anderes hinter der Geschichte? Gar eine PR-Aktion am Schinderhannesturm?"

„Klingt wie ein schlechter Witz, nicht wahr?", notiert er in sein literarisches Tagebuch.

Die Geschichte hat er gestern zu Ende geschrieben.

Heute wird er sie Maja vorlesen. Noch hat sich das unvermeidliche Gefühl der Unzulänglichkeit nicht eingestellt. Maja wird das ändern. Der surreale Schluss wird ihr Urteil „unbefriedigend" provozieren, ihr gutes Recht. Das ist so sicher wie das Amen in der Kirche.

„Ach, bevor ich es vergesse. Lukas, der Deus ex Machina der Ermittlungen, hat sich tatsächlich an die Manteuffel herangepirscht."

„Laura Manteuffel?"

„Wer will das wissen?"

„Jemand, der es auf Sie abgesehen hat."

„Oha, da fährt mir aber der Schreck in die Knochen", pariert sie süffisant Castors Generalangriff. Ihre kohleschwarzen Kulleraugen heften sich auf das schelmisch grinsende Gesicht des großgewachsenen Angreifers. „Wo habe ich Sie vor Kurzem gesehen?"

„Auf dem Friedhof", antwortet er.

„Stimmt!"

„Möchten Sie die *Zielscheibe Ströher* kaufen?", drängt die Verkäuferin der *Schatzinsel* angesichts wartender Kunden.

„Oh, sorry, ja", sagt Manteuffel und hält die EC-Karte an das Zahlgerät.

„Gute Wahl", meint Castor.

„Sie kennen den Roman?"

„Darf ich Sie ins *Café Arthouse* einladen?", ergreift er die Gelegenheit beim Schopf. „Dort auch Hinweise zur Zielscheibe."

„Warum eigentlich nicht?", sagt sie nach kurzem Überlegen. ...

„Kunstraub im Hunsrückmuseum, das Thema des Romans", sagt er. „Ich selbst habe in dem Fall ermittelt, den der Autor aufgegriffen hat. Ich kenne Leonhard Aron recht gut."

„Sie sind Polizist?", fragt sie mit zusammengekniffenen Augen.

Er nickt und sagt mit fester Stimme: „Jawohl, Frau Leutnant."

Kaum merklich zucken ihre schmalen Nasenflügel.

„Und als Polizist waren Sie auch auf der Beerdigung, oder?"

„Auch das. Gut, dass dies geklärt ist. Aber hier sitzt Ihnen nicht der Kommissar gegenüber, sondern Lukas Castor."

„Und das soll ich glauben?"

„Versuchen Sie's", sagt er. „Kein Wort zu dem schrecklichen Todesfall. Versprochen. Meine Kollegen ermitteln."

Angesichts der Fragezeichen in ihren Augen fügt er hinzu: „Ich bin da raus. Schließlich habe ich's ja auf Sie abgesehen. Das habe ich Ihnen vorhin gesagt, aus Überzeugung."

Sie schüttelt den Kopf, dass ihr Pferdeschwanz, der das kastanienbraune, gelockte Haar bändigt, hin und her wippt.

„Sie kennen mich doch gar nicht!", empört sie sich.

„Da irren Sie", entgegnet er ihr trocken.

Sie runzelt die Stirn. Ohne ansonsten eine Emotion erkennen zu lassen, reiht sie mit kontrollierter, leicht maskulin klingender Stimme vier Wortbausteine hintereinander: „Mein Freund wurde erschossen."

„Was mir sehr leidtut."

„Sie aber nicht davon abhält, mich, wie soll ich's sagen, ja mich unverhohlen zu überfahren."

„Nichts liegt mir ferner, Laura", sagt er, den Hauch von Ironie, den er gehört zu haben glaubt, aufnehmend. „Ich darf doch Laura zu dir sagen?"

„Meinetwegen."

Sie nippt an ihrer Tasse, denkt kurz nach und sagt: „Die Zielscheibe ist also eine Art Doku-Fiction, Lukas?"

„Das nicht. Eher ein waschechter Krimi. Überraschend das Ende: Es straft die tatsächlichen Geschehnisse Lügen."

Er macht eine bedeutsame Pause.

Laura spitzt den sinnlichen Mund und ihre dunklen Brauen schießen in die makellose Stirn.

„Nun ja, das gute Recht des Autors, oder?", greift Lukas ihre wortlose Zustimmung, die er zu erkennen meint, scheinbar leichthändig auf.

„Er ist schließlich Romancier", sagt sie mit einem hintersinnigen Halblächeln.

„Er liest übrigens übermorgen um zwanzig Uhr im Schinderhannesturm aus seinem brandaktuellen Roman vor. Das Manuskript hat er vor wenigen Tagen erst abgeschlossen."

„Der Titel?", fragt sie.

„Verschwörung im Schinderhannesturm."

„Oh!"

„Aron räubert in der Wirklichkeit", sagt Lukas und fügt hinzu: „Falls es die überhaupt gibt."

„Du sprichst in Rätseln."

„Das glaube ich eher nicht", entgegnet Lukas. „Geiselnahme und deren anschließende mediale Vermarktung vorm Turmeingang haben Aron den Stoff für seinen Romanschluss geliefert."

„Keine mediale Vermarktung", sagt sie brüskiert, „eine mediale Anklage, das schon."

„Muss ich das verstehen?"

„Denk darüber nach!"

Nun doch nervös, nestelt sie in ihrer Tasche und fingert eine Zigarette. Sie steckt sich die Marlboro in den Mund und dann hinters Ohr.

„War früher ja mal erlaubt", sagt sie.

„Du rauchst?", wundert sich Lukas.

„Ein, zwei am Tag."

„Also eigentlich nicht."

„Du bist Ex-Raucher?"

„Bei deiner Dosierung hätte ich nie aufgehört", sagt er und meint: „Wäre schön, wenn du mitkämst. Garantiert tolle Atmosphäre im Turm."

„Zielstrebigkeit kann man dir nicht absprechen", sagt sie, nun entspannt schmunzelnd.

„Das Leben ist zu kurz, um Zeit zu vergeuden", sagt er.

„Na gut. Mal schauen, was daraus wird", sagt sie.

„Erneut eine Realsatire?" fragt er augenzwinkernd.

„Also wie im Leben."

Wie aus der Pistole geschossen kommt ihre Antwort.

Lukas muss schlucken. Lauras Klartext verschlägt ihm die Sprache.

Kann er es sich leisten, tatsächlich auszuscheren? Ja, kann er. Er weiß nämlich Inszenierung von Fakten zu unterscheiden. Und Laura Manteuffel wird ihm ungewollt dabei helfen, diese Unterscheidung sichtbar zu machen. Im doppelten Sinne des Wortes wird ein Treppenwitz die Ermittlungen zum Vatertagsmord befeuern.

Insgeheim hegt Kommissar Castor allerdings berechtigte Zweifel. Das Schweigekartell der drei Verschwörerinnen wird wohl kaum aufzubrechen sein. Der letale Racheakt dürfte ungesühnt bleiben.

© N. Thinnes

Nur ein Verdacht

„Ich habe den dringenden Verdacht ...“, sage ich.

„Und ich erst“, fällt er mir ins Wort.

Den Professor haben wir angesichts eines delikaten Falls aus Münster einfliegen lassen.

Einschüchtern lasse ich mich nicht. Auch nicht von einem renommierten Gerichtsmediziner.

„Ich habe den begründeten Verdacht“, wiederhole ich und fixiere seine ironisch blitzenden Augen, „ dass wir es mit einem Suizid zu tun haben, und zwar einem ungeplanten Suizid.“

„Wie bitte?“, blafft Karl Friedrich Börne, der bekanntermaßen oberschlaue, selbstverliebte *Tatort*-Pathologe, und richtet die Brille, als wolle er sich vergewissern, ob er es bei mir mit einer ernstzunehmenden Kommissarin zu tun hat oder mit einer gestörten Person. Mit halboffenem Mund starrt er mich an, seine professionelle Maske.

„Sie, Herr Professor“, sage ich und beuge mich über die Leiche, die man am frühen Morgen im *Schinderhannesturm* entdeckt hat, „Sie haben Genickbruch nach Strangulation diagnostiziert.“

„So ist es, Frau Schmidt.“

Wie er mir meinen Namen vor die Füße wirft und das -t nachklingen lässt! Ironischer hat man mich noch nie angesprochen.

„Nun, der Mann wollte seinen Selbstmord nur simulieren.“

„Wie kommen Sie denn darauf?“

„Wir haben dort (ich zeige zur Seite) die Kamera auf einem Stativ vorgefunden. Die hat den Ablauf aufgezeichnet. Zweifelsfrei.“

„Und?“

„Der Mann ist auf dem Hocker ausgerutscht, nachdem er sich die Schlinge um den Hals gelegt hat.“

„Dumm gelaufen“, knurrt Börne. „Und deshalb haben Sie mich hierher gebeten?“

„Keine Sorge. Wird gut bezahlt. Wir brauchen prominente Unterstützung für unser Filmprojekt, Professor Börne.“

„Und da sind Sie ausgerechnet auf mich gekommen?“

„Schließlich waren Sie bei den Simmerner *Heimat Europa Film-festspiele*n im September 2022 zwecks Preisverleihung vor Ort."

„Sie sind also gar keine Kommissarin, Frau Schmidt?"

„Doch, doch", sage ich. „Das hindert mich aber nicht daran, gleichzeitig eine Filmrolle zu spielen, oder?"

„Wäre schön", ruft der Kameramann in unserem Rücken, „wenn Sie beide sich gleichzeitig noch einmal zur Leiche hin bückten. Macht sich gut."

Wir liefern ihm das Standbild.

Anschließend helfe ich dem Mann, der da liegt, als wolle er im Toten Meer den toten Mann spielen, auf die Beine. Er klopft sich den Staub aus den Klamotten.

Börne lobt ihn: „D i e Rolle haben sie perfekt gespielt, Herr Bürgermeister."

„Sie erinnern sich?", sagt der und kratzt sich am Hinterkopf.

„Nun", sagt Jan Josef Liefers, „den *Edgar* [Edgar-Reitz-Filmpreis] verleiht man nicht alle Tage. Und Ihre Ansage ..." (Wie er das Wort betont! Er schnalzt mit der Zunge, grinst und macht eine Pause, um die Erwartung zu steigern.) „Also die Ansage, Herr Bürgermeister, die habe ich noch im Ohr, nicht wahr. *Was sehen wir, wenn wir zum Himmel schauen?*"

Das Gesicht des Bürgermeisters läuft rot an. Es ist ihm wohl peinlich, an den Fauxpass, den er sich geleistet hat, erinnert zu werden. Fahrig war er gewesen und schlecht vorbereitet. Hatte doch tatsächlich Hauptpreis und Publikumspreis verwechselt. Und über die märchenhafte Liebesgeschichte (sein Favorit), die Liefers ironisch zitiert, sentimental schwadroniert.

„Sie kandidieren erneut für die Bürgermeisterwahl, höre und lese ich", sagt Liefers. „Das Wahlplakat ‚Erfahrung schafft Zukunft' oder so ähnlich?"

„Sie entschuldigen mich."

Eilends putzt er die Platte, genauer gesagt das schlüpfrige Parkett des Schinderhannes-Turms.

© N. Thinnes

46

Klassentreffen

„Vermutlich", sagt er, „hat keiner von euch in seinem Leben so wenig gearbeitet wie ich."

Roland lässt den Satz in der Luft hängen und seufzt theatralisch. Die Hände im Nacken verschränkt, schaukelt er auf dem Stuhl vor und zurück.

„Hängen wir den Satz doch eingerahmt in diesem Kerker auf! Selbstauskunft des unfreiwilligen Namensspenders."

Gabis bissiger Kommentar löst ein Lächeln aus, das Roland aus den Mundwinkeln kriecht, zu seiner schmalflügligen Nase huscht, die faltenfreie Gesichtshaut kräuselt, seine rabenschwarzen Augen erobert; spöttisch lässt er sie aufblitzen und über die Tischrunde wandern.

Die Klassenkameraden klatschen in Zeitlupe in die Hände.

„Typisch Roland", sagt Karl. „Seine gnadenlose Ehrlichkeit. Die war übrigens dem Schinderhannes fremd. Früher schon hat er uns damit entwaffnet, oder?"

„Bist du deshalb Schriftsteller geworden?", fragt Adrian lauernd.

„Hat sich halt so ergeben", sagt Roland und fährt sich durch seine schwarzlockige Mähne. „Nein, im Ernst. An diesem Entschluss habe ich lange gearbeitet. Bis er mir auf einer Wanderung durchs Gebirge in einer Almhütte, wie soll ich es sagen, in den Schoß fiel."

„Das nehme ich dir sogar ab", ätzt Adrian, die Ironie beiseite schiebend. Er lockert den Knoten der Krawatte, die seinem angeknautschten Jackett kontrastiert, aber zu seinem akkuraten Seitenscheitel und dem kleinen Schnäuzer passt.

Roland zuckt mit den Achseln, dreht sich routiniert eine Zigarette und zündet sie mit demonstrativem Streichholzschwung an. Genüsslich inhaliert er und bläst Rauchwölkchen in die Luft.

„Muss das sein?", fährt Lotte ihn an und wedelt den Rauch, der gar nicht zu ihr hin weht, zur Seite.

„Woran arbeitest du gerade?"

Provokant kleidet Adrian das gewichtige Tätigkeitswort mit den Zeigefingern in der Luft in Anführungszeichen.

„An einem delikaten Thema."

Schelmisch schaut er in die Runde. „Mann und Frau."

Kaum hat er bedächtig die drei Vokabeln aneinander gereiht, ist ihm vollends die Aufmerksamkeit aller gewiss. Was ihn kaum zu wundern scheint.

„Was macht ihr denn für trübe Gesichter?", fragt er und wischt Tabakkrümel von seinem schwarzen T-Shirt. „Habe ich da etwa in ein Wespennest gestochen?"

„Mach hinne!", fordert Tom ihn ungehalten auf und schiebt sich seine auf die Nasenspitze gerutschte Hornbrille zurecht..

„Nicht die Sache mit Eva aus der Rippe Adams. Gehört nach neuesten evolutionsbiologischen Erkenntnissen ohnehin in die Mottenkiste. Sorry Johannes."

Der nickt lächelnd und öffnet seine Handflächen auf dem Tisch.

„Wenn schon Mythen (hier im Simmerner Schinderhannes-turm), dann die indische Legende; sie ist mir allemal sympathischer."

Neugierige Augenpaare hängen an Rolands Lippen.

„Nun, der Weltenschöpfer schuf ein einziges, glücklich in sich ruhendes Wesen. Das er aber dann doch mit einem Schwerthieb spaltete. Seither suchen beide Teile nach der Wiedervereinigung. Manchmal, selten genug, begegnen (unter besonders günstigen Umständen) zwei passende Hälften einander. Das nennt man dann … eine gute Ehe."

Er macht eine Pause, um seine Worte wirken zu lassen, legt den Kopf in den Nacken, schaut nach oben, zieht ein letztes Mal an seiner Kippe, um sie dann lässig aus dem Fenster zu schnippen. Während Qualm aus seiner Nase strömt, sagt er: „Wäre schön, hier säßen ein paar glückliche Ehe-Hälften."

Lottes knochiges Gesicht wird flüchtig rot. Sie steht auf, hüstelt und schließt das Fenster, Roland mit verärgertem Blick streifend.

„In der Nacht zu heute hatte ich einen Traum", lispelt Gabi in das betretene Schweigen hinein. Alle erinnern sich. Immer wenn sie aufgeregt war, stieß sie leicht mit der Zunge an. Ob ihr das auch als Lehrerin vor der Klasse passiert?

„Ich grübelte beim schriftlichen Abitur über Rilkes Gedicht *Der Panther*. „*Sein Blick ist vom Vorübergehn der Stäbe so müd geworden* … Der eine oder andere erinnert sich vielleicht."

Sie richtet sich gerade auf und blickt in die Runde.

„Passt irgendwie in diese Gemächer", spöttelt Roland.

„Das Gedicht hatte ich meinen Primanern als Kursarbeitsthema vorgelegt", fährt Gabi unbeirrt fort. „Im Traum ein Rollentausch: Mein Ich schlüpfte, über der Arbeit brütend, mal in die Schüler-, mal in die Lehrer-Rolle. Ich konnte mich nicht entscheiden. Kein gutes Gefühl."

„Typisch Gabi", knurrt Karl. „Wenn's heikel wird, ablenken. Das war schon früher so."

„Oder", wendet ihr Ex-Freund Tom ein, „von hinten durch die Brust."

„Du meinst, unser Lyrik-As, das es im bürgerlichen Helden-leben immerhin zur Oberstudienrätin gebracht hat, will uns eine Lesefrucht servieren?"

Gabi ignoriert den ironischen Unterton und zeigt ihr optimisti-sches Berufslächeln, das ihr zur zweiten Natur geworden ist.

„So ist es, Karl", sagt Tom. „Der Mensch der Moderne, egal ob Mann, Frau oder anderes: Eingekerkert (seine Augen tasten

© N. Thinnes

49

die Wände ringsum ab) im Ich-Gefängnis, hat er keine Chance, Rolands Ideal zu erreichen. Es ist schlichtweg unerreichbar."

„Du hast mich früher schon verstanden, Tom", raunt Gabis warme Stimme, nun ohne zu lispeln.

Er verdreht die Augen und zieht am Ohrläppchen.

„Bist du deinem spinnerten Ideal gerecht geworden?", fragt Lotte spitz und vermeidet es, den Namen Roland in den Mund zu nehmen.

Im selben Moment ist allen klar: Bis heute hat sie's nicht verwunden, dass er ihr den Laufpass gegeben hatte. Gleichzeitig ist man gespannt, wie er reagieren wird.

Er lächelt die Fragezeichen, die sich auf ihn richten, weg. „Bin ihm nahe gekommen", antwortet er seelenruhig und bewegt in Zeitlupe Daumen und Zeigefinger nahe aufeinander zu.

„Vermutlich eine gut verdienende Anwältin oder Ärztin", sagt Adrian. „Sie hat ihm sein müßiggängerisches Leben ermöglicht."

„Und mir obendrein zwei Kinder geschenkt, meine wunderbare Frau Doktor."

„Du bist kinderlos Adrian, hörte ich?"

Rolands Lippen verziehen sich spöttisch.

Adrians Mundwinkel zucken, wie auch seine fleischigen Nasenflügel.

„Ich dachte", seufzt Johannes, der bislang geschwiegen hat, „in unserem Alter hätten wir so etwas nicht mehr nötig."

Über den Rand seines Glases hinweg betrachtet er die Tischrunde.

Roland reicht ihm eine Selbstgedrehte.

„Zwei Kiffer, Brüder im Geiste", geifert Lotte. „Gott nochmal!"

„Lass Gott aus dem Spiel!", weist Johannes sie zurecht.

„Jawohl euer Ehren", ätzt sie. „Ist außer unserem hochwürdigen Militärpfarrer noch jemand immer noch zahlendes Mitglied in dessen Verein?"

Überraschenderweise hebt Roland die Hand und sagt: „Aus Überzeugung. Bedenkt die katastrophale Situation der Ukrainer. Militär und Sicherheit sind wichtiger denn je. Ironie oder gar Sarkasmus verbietet der Anstand."

Sein strafender Blick streift Lotte, die sich selbigen Moments wegzuducken scheint.

„Der schäbige, skrupellose Schinderhannes, ein feiger Mordgeselle", knurrt Johannes, seinen flackernden Blick durchs Gewölbe streifen lassend, „war ein Westentaschen-Putin. Solchen Figuren kann man nur mit Stärke und Härte beikommen. Hat hier nicht ganz geklappt, sonst hätte er nicht ausbrechen können, oder?"

„Worauf willst du hinaus?", mäkelt Gabi.

„Habe keinen Bock, hier und heute politische Wolkenschieberei zu betreiben", fährt Tom genervt dazwischen. Er stößt dezent auf und hält sich die Hand vor den Mund.

„Irgendwie habe ich den Eindruck", grummelt Gabi: „Aus den Rollen, in die wir in der Schule geschlüpft sind, kommen wir nie mehr raus. Und das beim ersten Klassentreffen nach zwanzig Jahren. Wie in Stein gemeißelt."

„Ist wohl so", sagt Karl. „Fehlte nur noch, dass Doktor Aron hier auftauchte ..."

Da geht die schwere Holztür knarzend auf und ihr Stammkursleiter betritt, als sei der Zeitpunkt abgesprochen, verlegen lächelnd, den Kerkerraum.

„Danke für die Einladung, Karl", sagt er.

„Unfassbare Heuchelei", wettert Tom, während er ins öde Hotelbett sinkt.

„Roland hat es provoziert und jeder mimte glückliches Ehe- und Familienleben. Nur Roland selbst nehme ich ab, dass er das in etwa zu Hause erlebt. Aber sonst?"

Toms Lebensabschnittspartnerin Malu hört ihm geduldig am Telefon zu.

„War zu erwarten, Tom, oder?"

„Lotte gehört seit eh und je zu den Frauen, die keine eigene Meinung haben. Roland ist immer noch ein rotes Tuch für sie. Peinlich, wie ihre Attacken an seiner selbstsicheren Lässigkeit abgeprallt sind. Nach einem Glas Rotwein über den Durst verkroch sie sich dann sentimental in ihrer Rolle der glücklichen Oma zweier Super-Enkelkinder. Das wollte keiner hören."

„Und deine Ex-Freundin Gabi?", fragt Malu, den Ton wechselnd.

„Ist eine bieder-brave Lehrerin geworden. Ich hab's geahnt. Optisch hat sie sich allerdings am wenigstens verändert."

„Aha?"

„Na ja, ich hab dir ja mal gesagt, dass sie fünf der sechs Schönheitsmerkmale einer Frau hat. Aber sie harmonieren bei ihr nicht recht miteinander. Bleistiftrock und hochhackige Schuhe stehen ihr immer noch. Irritiert hat mich ihr puppenhaftes Gesicht, völlig ausdruckslos."

„Alter Macho", muss Tom sich anhören.

„Sie ist verheiratet mit einem abgeschminkten Gelegenheitsschauspieler. Der scheint sich auf dem Ruhekissen ihres Beamtenstatus einen schlanken Fuß zu machen."

„Hat sie dir gebeichtet?"

„Ist ihr so rausgerutscht."

„Und die anderen?"

„Adrian war und ist ein inquisitorischer Stinkstiefel. Seine Frau und die beiden Knirpse kann man nur bedauern."

„Vielleicht ist er zu Hause ganz anders", gibt Malu zu bedenken. „Wer weiß das schon. Und wer kann sich schon sicher sein, das Richtige zu tun? Haben wir nicht alle unsere Zweifel?"

„Würde mich wundern, bei seiner Selbstgefälligkeit", weicht Tom aus. „Wie früher hat der Kerl unentwegt von sich selbst schwadroniert. Was für ein toller Hecht er sei. Und dann auch noch Visitenkarten verteilt. Aber vielleicht hast du Recht."

„Karl und Johannes?"

„Die sind okay. Zu den beiden hatte ich sofort wieder den Draht. Als hätten wir uns gestern erst gesehen. Vielleicht neue alte Freunde. Karl ist ein Tausendsassa mit einem Stall voller Kinder, wie er vollmundig gesagt hat. Also ein Mädchen und ein Junge, beide noch im Grundschulalter. Was ihn zu stressen scheint. Seine Frau hat er nicht erwähnt. Warum auch immer."

„Muss nichts bedeuten, Tom."

„Johannes ist mit einer Stabsärztin liiert, kinderlos. Er hat mir gegenüber angedeutet, sie habe zu ihrer Vorgesetzten eine (ich interpretiere) lesbische Beziehung, was ihn arg bekümmert."

„Dann sollte er sich von ihr trennen, wenn es sich bewahrheitet", sagt Malu entschieden.

„Weil er gegen die Natur keine Chance hat?"

„So ist es, Tom."

„Vielleicht werde ich morgen nach dem Frühstück noch mal mit ihm reden. Falls er es möchte."

„Schade, dass allenfalls die Hälfte da war, oder?", fragt Malu.

„Vor allem hätte ich gerne den steilsten Zahn unseres Jahrgangs, Julia, mal wiedergesehen", sagt Tom. „Sie schützte Terminprobleme im Mediendschungel vor. Hat wohl bereits zwei gescheiterte Ehen hinter sich, wie Klatschbase Lotte berichtete."

„Kein positives Erlebnis?"

„Doch, doch. Als unser alter Lehrer Aron auftauchte. Wir blendeten die Gegenwart aus und kramten vergnüglich in der Erinnerungskiste. Leute, wisst Ihr noch? Wir spielten wieder Theater", seufzt Tom und gähnt.

„Ich albträume heute noch", seufzt Malu ins Telefon. „Unser Mathelehrer. Pädagogisch stirnrunzelnd, ließ er bei Rückgabe der Klassenarbeiten mit Donner und Blitz zuerst die ‚Ungenügend' auf uns niederprasseln. Schweißgebadet wache ich auf und bin erleichtert, wenn sich das Notengewitter verzogen hat."

Sie gähnt jetzt ebenfalls, fügt aber noch hinzu: „Dabei hatte ich nichts zu befürchten. Auf den mathematischen Sachverstand meines Banknachbarn war Verlass."

„Könnte Gabi gesagt haben", sagt Tom. „Jede Aufgabe führte in ihrem Hirn zu einer Art mathematischer Blutleere. Die hatte ich zu therapieren."

Seit Jahren vertraut Lotte ihrem Tagebuch an, was sie erlebt hat. Das Tagebuch führt sie seit der Oberstufe. Schreiben hat ihr geholfen, Tiefschläge zu verarbeiten. Und Glücksmomente vor dem Vergessen zu bewahren. Nach und nach hat sie sich darum bemüht, ihrem Geschreibsel so etwas wie einen literarischen Anstrich zu verpassen. Das hilft ihr, zum Erlebten auf Distanz zu gehen, es besser zu verarbeiten und es aus der Ich-Kapsel zu befreien.

„Die Kleiderwahl für unser Klassentreffen war ich planmäßig angegangen. In der Rüstkammer meines Kleiderschranks hatte ich schnell eine gut geschnittene Waffe ausgemacht: Der anthrazitfarbige Hosenanzug stand mir gut und signalisierte zugleich unmissverständlich mein Distanzbedürfnis (Roland gegenüber). Was mich zumindest vor einer Niederlage durch unbedachte Nähe bewahren würde. So meine Hoffnung. Die Chance, mein altes Image zu korrigieren. Die wollte ich nutzen. Ist leider schiefgegangen.

Zwanzig Jahre liegt es zurück, dass der Scheißkerl sich aus der Verantwortung gestohlen hat.

‚Den Plot eines Groschenromans haben wir nachgespielt‘, notierte ich damals, ‚alles so banal, so vorhersehbar.‘

Ihm schien es leichtzufallen, mir nicht. Schnee von gestern. Äußerlich gut gerüstet, zog ich in den Kampf, betrat die Bühne des Jahrmarkts der Selbstgefälligkeiten, die ich erwartete. Oder der mehr oder weniger inszenierten Rollenspiele, die Gabi ins Feld führte? Mit unentwegtem Rollenspiel beerdigt man Gefühle, hat jemand mal gesagt.

Gabi ist zwar schlank geblieben, aber sie ist alt geworden; jedenfalls ist ihr Gesicht älter als ihre Jahre. So hab ich es zumindest wahrgenommen. Einen merkwürdig gehetzten Eindruck hat sie gemacht; ihre Augen waren in ständiger Bewegung. Früher hatten wir ein Ohr füreinander. Als ich sie daran erinnerte, kanzelte sie mich patzig ab: ‚Ach ja, hatten wir das?‘ Ich weiß nicht, welcher Teufel sie geritten hat.

Karl hatte das Ganze arrangiert. Wer denn sonst! Als ich das Turmgewölbe betrat und Roland erblickte, fragte ich mich unwillkürlich, was mich nur geritten hatte, hierherzukommen. Seine lässige Arroganz. Sie hatte mich mal fasziniert. Nun kotzte sie mich an. Fassungslos machte es mich, dass wir ihm seine Pafferei durchgehen ließen. Johannes, der Schweiger, war wie früher an seiner Seite.

Franz Josef hat mich gewarnt: ‚Klassentreffen! Ich bitte dich, Schnapsidee. Sentimentales Glatteis.‘ Hätte ich auf ihn hören sollen? Er kennt mich schließlich wie kein anderer. Aber er weiß nicht, was es mir bedeutet, das Schlusskapitel zu schreiben, um dieses Buch endlich zuklappen zu können.

Den Gipfel der Unverschämtheit bestieg Roland mit seiner Tirade in Sachen Ehe. Ich ärgere mich maßlos. Und schäme mich auch ein wenig dafür, dass ich nicht souverän auf all das reagiert habe. Das Getuschel der anderen habe ich mir selbst eingebrockt. Vielleicht gelingt es mir, mit Franz Josef darüber zu reden. Ohne dass er es in den falschen Hals bekommt. Es könnte seiner Eitelkeit schmeicheln. Mir könnte es helfen. Eines ist mir klar geworden: Die Falle war die Erinnerung, nicht Liebe oder Liebesverrat. Diese Klarheit war es wert, an dem Klassentreffen teilgenommen zu haben, trotz allem.

Übernachtung im Bergschlösschen. Der tönerne Löwe, goldlackiert, thronte nach wie vor gegenüber der wuchtigen Empfangstheke. Es duftete nach Kaffee und Lavendel, was mich damals schon vorm Frühstück irritiert hatte. Aus der Küche ertönten Stimmengewirr und Scheppern von Besteck und Geschirr.

Die Rezeptionistin, der Optik und dem Habitus nach eine Enkelin der damaligen Hotelchefin, zeigte auf den Raum neben dem Speisesaal, der genauso aussah wie früher. Würde mich nicht wundern, dachte ich mir, wenn mich dieselben wackligen Tische erwarteten, denen niemand einen Keil untergeschoben hatte. Ich sollte Recht behalten. Zusammen waren wir, Roland und ich, gelegentlich dort gewesen. Ich seither nicht mehr.

„Als Lotte im schicken Hosenanzug hereinschneite, war mir sofort klar, was ihr Dress-Code bedeuten sollte", berichtet Roland seiner Frau Anne, die, übermüdet vom Nachtdienst, ihm gleichwohl beim Frühstück aufmerksam zuhört. Immer schon hat er gestaunt, wie sie, was sie im Krankenhaus erlebt, mir nichts, dir nichts aus den Klamotten schüttelt.

„Na gut, wenn's ihr hilft, dachte ich mir. Sie setzte eine maximal undurchsichtige Miene auf und begnügte sich mit der Andeutung eines Nickens. Um die anderen umso herzlicher und lauthalser zu begrüßen."

„So machen Frauen das", sagt Anne verschmitzt lächelnd und versucht ein Gähnen zu unterdrücken.

Roland streicht ihr liebevoll über die Hand. Dann bereitet er ihr einen zweiten Cappuccino zu und zaubert aus der Einkaufstasche ein Himbeertörtchen. Er weiß, was seine Frau mag. Sie dankt es ihm mit einem Augenaufschlag.

„Wie lange wart ihr zusammen?"

„Seit der zehnten Klasse, also knapp vier Jahre."

„Eine lange Zeit in diesem prägenden Lebensabschnitt, oder?"

„Stimmt. Eine gute Zeit zunächst. Doch dann ..."

„Ja?"

„Du kennst mich, Anne. Ich mag es nicht, wenn jemand den Klammeraffen gibt."

„Du hast dich ihrer Umklammerung entzogen?"

Roland nickt: „Sie fühlte sich als Opfer." Er seufzt. „Lange her all das."

„Hatte sie nicht um dich, um euch gekämpft?"

„Das machte es nur noch schlimmer", sagt Roland und wechselt das Thema: „Karl, extrovertiert wie früher, scharfzüngig, mit viel Sinn für Humor; er hatte für den Überraschungsgast des Abends gesorgt: Aron, unser Stammkursleiter."

„Die beiden hast du gelegentlich mal erwähnt", sagt Anne. „Ich glaube, die würde ich gerne mal kennenlernen."

„Könnte klappen", raunt Roland.

„Erzähl!", sagt sie, obwohl todmüde, mit großen Augen.

„Aron liest aus seinem neuen Roman *Die Unerwarteten* vor. In der alternativen Buchhandlung *Schmökern*."

„Nie gehört."

„Die wird auch erst in ein paar Wochen öffnen. Karls Wunschprojekt."

„Und wo genau?"

„Dort, wo unser Klassentreffen stattfand: im Schinderhannesturm. Die Stadt hat für Karl einen attraktiven Mietvertrag aufgesetzt. Auch damit langfristig zumindest eine Buchhandlung gesichert ist. Einzige Bedingung: Integration der Schinderhannes-Ausstellungsstücke in Karls Schmöker-Projekt. Im Verlies, hat er mich übrigens, hintersinnig schmunzelnd, wissen lassen, werde es ein Comic-Antiquariat geben. Und ein geselliges Lese-Café."

„Klingt gut."

„Leonhard Aron liest bei der Vernissage. Und ich steuere eine Geschichte bei."

„Bin neugierig", sagt Anne überrascht.

„So viel sei vorweg verraten", sagt er. „Mein Versuch, beim Erzählen der Person ähnlich zu werden, die ich glaube zu sein. *Reise in ein vergessenes Wir* nenne ich die Geschichte, an der ich gerade schreibe."

„Also auch ein Unerwarteter?", überrascht Anne nun ihn.

Nach kurzem Nachdenken sagt er: „Gute Frage. Das Klassentreffen hat einige Schneisen ins Dickicht meiner Vergangenheit geschlagen. Bin selber gespannt, welche Antwort ich finden werde ... oder ...."

„Oder?"

„ ... mir zurechtschustern werde", antwortet er, halb verlegen lachend.

Anregung: Evelyn Peters: Klassentreffen. Roman, München 1979

Die Reise in ein vergessenes Wir

Sein Schlachtplan gegen die quälende Erinnerung, die ihn nicht zur Ruhe kommen lässt, ist geschmiedet.

„Ich bin nicht länger Roland Dietrich."

Die Entscheidung liegt dem Plan zugrunde.

Obgleich die Trennung schon neun Monate, zwei Wochen und drei Tage zurückliegt, wacht er morgens in seinem von Nora befreiten Schlafzimmer mit dem nagenden Gefühl des Verlusts auf und einem Schuldbewusstsein, das ihn tagsüber nicht mehr loslässt und in der Nacht der letzte Gedanke vor dem unruhigen Schlaf ist.

Nun also: Ich bin Thomas Stiller.

Nur noch wenige Tage wird er Roland Dietrich heißen (müssen).

Es klingelt. Er erwartet sie bereits. Es ist zwanzig Uhr fünfzehn. Dunkel ist es draußen.

Überraschung zeichnet sich in seinem Gesicht ab.

„Treten Sie ein!"

„Entspreche ich nicht Ihren Erwartungen, Herr (sie macht eine bedeutungsvolle Pause) Dietrich?"

„Ganz im Gegenteil."

Er geht voran, beeilt sich, ihr aus dem Trenchcoat zu helfen. Eine junge, sportliche, schwarzhaarige Frau: Fältchen auf der Stirnhaut, die dem Make-up trotzen, sehnige Handrücken und gerötete Fingerkuppen. Ihre etwas weiter auseinanderstehenden stahlgrauen Augen fallen auf; erinnern ebenso wie die halbmondförmig geschwungenen buschigen Brauen an Yvonne Catterfeld – und an Nora.

„Bitte!"

Sie nimmt auf der Zweiercouch Platz und streicht ihren schicken dunkelblauen Kostümrock glatt.

„Wie war Ihre Anreise, Frau Winter?"

„Vier Stunden im überfüllten Zug bis Ulm. Na ja. Dann wurde es luftiger."

„Was darf ich Ihnen anbieten?"

„Ein Tee wäre nicht schlecht."

„Ingwertee vielleicht?"

Sie nickt.

Schmunzelnd zeigt er ihr eine frische Ingwerknolle her. Die landete am Morgen auf dem Wochenmarkt im Einkaufskorb, den Nora immer benutzt hatte. Während er in der offenen Küchenzeile Tee zubereitet, lässt die Fremde den Blick schweifen: über die Fotogalerie, die seine Biografie bebildert, die Bücherwand vis-à-vis der Sitzgruppe, bis zur Glastür zum Balkon, der auf den umsäumenden Waldstrich schaut, die noch schneebedeckten Berge im Hintergrund.

Aus den Augenwinkeln beobachtet er sie. Wohlgeformte Beine in schräger Parallelstellung, mädchenhaft zierliche, straffe Fesseln. Wie bei einem Fernsehauftritt, denkt er und ist gespannt auf die gemeinsame Reise in die Vergangenheit. Die gilt es zu beglaubigen (gleichwohl emotional zu löschen), um in eine befreite, eine ungebundene Zukunft blicken zu können.

Ihre inszenierte Andeutung eines Lächelns fordert ihn auf, etwas zu sagen.

„Ich darf Sie Julia nennen, Frau Winter?"

Sie nickt.

Er lenkt ihren Blick auf das eingerahmte Foto auf dem Fenstersims.

„Eine schöne Frau", sagt sie mit einem hintergründigen Lächeln, das ihm Rätsel aufgibt.

„Gewiss", sagt er.

„Ihre Frau."

Er wundert sich. Es war nicht einmal eine rhetorische Frage. Es war eine Feststellung. Sie fragt nicht weiter.

Er tischt den Ingwertee auf.

„Nun?", fragt sie und hält die wärmende Tasse zwischen ihren sorgsam manikürten Fingern.

„Sie werden mich also für eine Woche in meine alte Heimat begleiten?"

„In meine Wahlheimat, wie Sie vielleicht wissen."

„Sie beherrschen auch unsre Hunsrücker Mundart?"

„Nadeerlisch", sagt sie augenzwinkernd.

„Könnte hilfreich sein", sagt er. „Nun also noch einmal: Sie sind ab morgen meine Begleitung."

„Gerne", sagt sie. „Dafür werde ich bezahlt.

„Ich hoffe zu Ihrer Zufriedenheit."

Sie nickt.

„Was erwarten Sie von mir?", fragt sie geradeheraus.

„Gute Laune und Durchhaltevermögen", sagt er, „und, ganz entscheidend: Fingerspitzengefühl."

„Aha?"

Leichte Ironie, Neugier, aber keine Spur von Unsicherheit in der Frage.

„Schließlich", raunt er, „werden wir beide als Geisterfahrer unterwegs sein."

„Gefährlich für Sie, für mich oder für die anderen?", fragt sie und ihre stahlgrauen Augen fixieren ihn mit abrupten, seltsamen Bewegungen, als beobachteten sie seine Nase, sein linkes Ohr, sein Kinn und wieder hinauf zum linken Auge, ohne sein Gesicht als Ganzes zu sehen.

„Wir werden es herausfinden", sagt er, leicht irritiert, räuspert sich und fügt hinzu: „Ganz bestimmt werden wir es herausfinden."

„Da sind Sie sich sicher?"

„Todsicher."

„Oha!"

„Darf ich Sie, Julia, fragen, weshalb Sie sich dennoch auf das Abenteuer einlassen wollen?"

Mit einem hintersinnigen Lächeln sagt sie nach einer Weile des Nachdenkens: „Ich bin eine Frau ohne Gedächtnis. Ich brauche Geld."

Bei diesen Worten fällt ihm auf, dass ihre Stimme recht theatralisch wirkt, so als stehe sie auf einer Bühne und spreche ins Publikum. Szenische, also fiktive Sätze?

„Muss ich das verstehen?", fragt er mit gespielter Gleichgültigkeit.

„Sie werden es verstehen", sagt sie, „ganz bestimmt."

„Sie wissen aber schon, wie alt Sie sind, oder?"

„Das schon, aber darum geht es nicht", geheimnist sie, seinen ironischen Unterton ignorierend.

„Okay", gibt er sich fürs Erste mit den nebulösen Hinweisen, die er im Moment nicht auf die Reihe bringen kann, zufrieden und sagt: „Wir sollten uns übrigens duzen."

„Weil?"

„Es unser Unterfangen erleichtert."

„Und das wäre?"

Er klappt den Laptop auf, um ihr aus der *HZ*, der Regionalzeitung seiner Heimat, vorzulesen.

„Simmern freut sich auf die Autorenlesung seines überregional bekannten Krimi-Autors Roland Dietrich, der, in Begleitung seiner ebenfalls aus dem Hunsrück stammenden Gattin Nora, im Rahmen der Edgar-Reiz-Europa-Heimat-Filmfestspiele im Schinderhannesturm den *Hunsrück-Skandal* präsentieren wird. Der Verfilmung seines Schlüsselromans werden beste Chancen auf den *Edgar* eingeräumt."

„Okay", sagt sie, den Auftaktvokal dehnend.

„Einige weitere Lesungen hat meine Verlegerin geplant. Die Medien werden all das mit Argusaugen verfolgen."

Sie trinkt die Tasse Tee aus, steht auf und sagt, merkwürdig unbeteiligt über ihn hinwegblickend (jedenfalls empfindet er das so): „Ich übernachte im *Rosenstock;* glücklicherweise familien- und kinderfrei. Wann holst du mich ab, hmh, Roland?"

„Acht Uhr, Julia. Wir haben einige Stunden Fahrt vor uns. Vielleicht kannst du einen Teil der Strecke fahren."

Kaum hat er diesen Wunsch geäußert, erstarrt sie und ruft mit blankem Entsetzen in den Augen: „Auf gar keinen Fall!"

Seine Brauen schießen hoch, er hebt die Arme und beeilt sich zu sagen: „War nur ein Vorschlag. Muss ja nicht sein."

Als sie gegangen ist (mit bühnenreifem Abgang), versucht er sich mit einem doppelten Whiskey zu beruhigen. Ist er ein Magnet für verschrobene Frauen?, fragt er sich und ist im Zweifel, ob Julia der Sache gewachsen sein wird. Eine Geisterfahrt ganz unerwarteter Art? Seltsam, dass sie ihre erstaunliche Ähnlichkeit mit seiner Frau (auf dem Foto) nicht bemerkt zu haben scheint. Die Kopie ihres Gesichts, wie von einem Maskenbildner angefertigt: perfekte Täuschung. Weshalb hätte er sich sonst für sie entschieden!? Die Frage ist ihr nicht über die Lippen gekommen. Auf die eine oder andere Nora-ähnliche Verhaltensauffälligkeit Julias könnte er gut verzichten. Sei's drum. Die Geschichte muss Fahrt aufnehmen, damit er wieder atmen kann.

Ein Mensch ohne Gedächtnis wäre er in den vergangenen Monaten zwar des Öfteren gerne gewesen. Aber grundätzlich? Hat diese Julia das nicht soeben von sich behauptet? Ein Mensch ohne Gedächtnis. Beraubt aller Erinnerung, wäre man ein Mensch ohne Ankerplatz im Meer der Zeit, hilflos, verwirrt, orientierungslos. Schlimm genug im Alter, das weiß er aus leidvoller Erfahrung mit seiner dementen Mutter. Ab und an kommt es vor, dass auch er etwas vergisst, Sachen, die gerade passiert sind, Dinge, die er sich für den übernächsten Moment vorgenommen hat. Aber Gedächtnisverlust? Nein, das ist etwas ganz und gar anderes, redet er sich ein. Gedächtnislücken vielleicht. Das schon, hin und wieder. Überlebenswichtig! Die Leiche im Keller. Wie aber kommt diese junge Frau Julia dazu, von sich zu behaupten, sie sei eine Frau ohne Gedächtnis? Da fällt bei ihm der Groschen. Julias Nachsatz: Ich brauche Geld. Der Vor-Satz: Beruhigungspille für ihn. Egal, was er vorhabe, er müsse nicht befürchten, dass sie als Zeugin für ihn gefährlich werden könnte. Sie vermutet also, schlussfolgert er, dass er, Roland Dietrich alias Thomas Stiller, etwas Unrechtes im Schilde führen könnte.

Er beschließt, seine Vermutung für sich zu behalten (keine Machtoption ohne Not aus der Hand geben).

Nun muss er ihr nur noch klarmachen, dass sie ab sofort nicht Julia, sondern Nora heißt. Sie scheint klug und erfahren genug zu sein, diese Rolle spielen zu können.

Als die Drehtür des Hoteleingangs sie am nächsten Morgen herausspült, macht sein Herz einen Hüpfer: Nora kommt ihm entgegen. Sie trägt die Frisur des gerahmten Fotos. Wie hat sie das in der Kürze der Zeit hinbekommen?, fragt er sich.

„Perfekt", sagt er, als sie in den Wagen steigt.

„Mein Job", flötet sie.

Anerkennend nickt er.

Dann sagt sie: „Deine Frau, Nora, Lehrerin am Gertrud-von-le-Fort-Gymnasium Oberstorf, Deutsch und Sport, zur Zeit im Sabbatjahr, wenn ich richtig informiert bin."

„Respekt!", entfährt es ihm. Gleichzeitig ist er irritiert, wie sie den Zeithinweis akzentuiert.

„Mein Markenzeichen", sagt sie. „Ich meine, akribisches Rollenstudium als Vorbereitung. Sonst hätte man mir den stolzen Vorabschlag nicht überwiesen, oder?"

Wieder nickt er und biegt rasant auf die Autobahnauffahrt ein.

„Ab jetzt bin ich Nora", sagt sie und überrascht ihn erneut.

„Intuition?", fragt er lauernd.

„Berufserfahrung", antwortet sie trocken.

Eine Frau, die mit allen Wassern gewaschen ist, sagt er sich. Was ihn zu beruhigen scheint. Fehler dürfen nicht passieren. Und sie wird keine Fehler machen.

HR1 meldet um elf Uhr siebzehn: „Geisterfahrer auf der A 61 zwischen Ludwigshafen und Abfahrt Worms. Höchste Gefahr. Fahren Sie äußerst rechts!"

„Nicht zu fassen, oder?", frotzelt sie.

„Wir verstehen uns", sagt er augenzwinkernd, weil er weiß, dass es so leichter ist, durch die Lesung und die nächsten Tage zu kommen.

Die Fortsetzung des *Hunsrück-Skandals* nimmt Fahrt auf.

Den Gegenverkehr werden sie abräumen, hofft er. Die Vorermittlungen der Staatsanwaltschaft Oberallgäu würden im Sand verlaufen, glaubt er. Könnte die Geisterfahrt noch schiefgehen?, fragt er sich: Den medialen Einbahnstraßenverkehr ja nicht unterschätzen! Sein Schlachtplan darf nicht scheitern. Wer genau plant, irrt nur präziser. Diese Lebenserfahrung im Hinterkopf, hat er dennoch alle Eventualitäten durchgespielt und Vorsorge getroffen. Nicht vergessen hat er ihre eruptive Weigerung, einen Teil der Strecke zu fahren. ...

Hat Julia es geahnt? Hat sie noch rechtzeitig (nach der Auftaktlesung) die Kurve zu kriegen versucht? Bevor es auch sie aus derselben tragen könnte: um mit der Fahrtrichtung zu schwimmen und nicht gegen den Verkehr. Was die Ähnlichkeit mit Nora geradezu auf die Spitze triebe.

Zweihundertdreißig Jahre zuvor hätte man ihn bis zur Aburteilung (Tod durch Erhängen) ins Verlies des Stadtturms eingebunkert. Später hätte man vom „Dietrichturm" gesprochen.

„In nahezu vampirischer Manier saugt Roland Dietrich die von ihm selbst manipulierte Wirklichkeit aus: Hirnstrom, der seine Kriminalstories inspiriert und bewegt", kommentiert die *HZ*. „Unmittelbar nach der anregenden Lesung vor dreißig geladenen Gästen im *Schinderhannesturm* [Foto] haben die Ermittler der Kripo ihn medienwirksam festgenommen. (Unbeabsichtigte) Werbung für den *Hunsrück-Skandal* und dessen aktuelle Verfilmung?" Seine Frau Nora? Über Nacht spurlos verschwunden?"

© N. Thinnes

„Genickbruch", stellt Doktor Giesen, über die Tote gebeugt, lapidar fest.

Ihr Gesicht liegt im Airbag. Der Notarzt zieht ihren Kopf zurück. Überraschend auskunftsfreudig vermutet er nach Musterung des zerbeulten Gesichts und des verkrampften Körpers der Unfalltoten: „Kein Drogeneinfluss, kein Alkohol, kein Infarkt, keine äußerliche Gewalteinwirkung, abgesehen von den Unfallfolgen. Die Obduktion wird mir recht geben. Todeszeitpunkt sechs Uhr zweiunddreißig."

Den Fragezeichen in den Augen der Polizisten begegnet er mit dem Hinweis auf die ramponierte Armbanduhr der Toten. „Zudem hat die Notfallautomatik des Wagens funktioniert. Sonst wären wir nicht bereits hier."

Das blaue BMW-Cabrio hat sich um die Eiche gewickelt, die nur wenige Meter vom Straßenknick entfernt in der Senke vor Riegenroth steht. „Totalschaden", mutmaßt Kommissar Bachmann.

„Kann man wohl sagen", grummelt Giesen und verabschiedet sich mit den Worten: „Frühestens morgen."

„Seltsam, dass Julia Winter (den Namen spuckt die Datenbank nach Eingabe des KFZ-Kennzeichens BIN JW 18 aus) weder Papiere an Bord hatte noch Handtasche mit Geldbeutel und dergleichen", rätselt Kommissarin Wunderlich, Bachmanns Kollegin und Lebensgefährtin. „Die Kollegen der Spusi werden auch um die Blechlawine herum nichts finden."

„Keine Bremsspuren" wundert er sich. „Die ist full speed gegen den Baum geknallt. Mal sehen, ob die KTU dem Autowrack ein Geheimnis entlockt."

„Vielleicht hat ein anderes Fahrzeug Winter abgedrängt, sie genötigt oder im Gegenverkehr geblendet, Jörg? Lackspuren möglicherweise. Nebel hing in der Talsohle, als es geschah. Vielleicht war Unachtsamkeit, Sekundenschlaf im Spiel? Weiß der Teufel was."

„Jedenfalls totaler Kontrollverlust … oder …?"

„Suizid?"

Bachmann zuckt mit den Achseln. „Bin gespannt, was die Obduktion zu Tage fördert."

„Was verschlägt eine Julia Winter aus dem Kreis Mainz-Bingen an einem frühen Montagmorgen im April hierher, auf diese abschüssige Nebenstraße, die kaum jemand um diese Zeit befährt?", denkt Wunderlich laut nach und schlägt damit unwissentlich und ohne es zu beabsichtigen das Thema an, das die Ermittler beschäftigen wird.

Beate schiebt Jörg die aktuelle Lokalseite der *Hunsrück-Zeitung* zu: ein kurzer Bericht zur Autorenlesung am gestrigen Abend im Schinderhannesturm; dazu ein Bild des Pressefotografen, das den Autor Ronald Dietrich in Begleitung seiner Gattin zeigt.

„Das ist doch", stammelt Bachmann, „die Tote von heute Morgen."

„Na ja", sagt sie, „auf dem Bild lebte sie noch."

„Eindeutig Julia Winter. Selbst der Hosenanzug ist derselbe."

„Ich habe bereits Falko, den Lokalredakteur, kontaktiert, Jörg." Vielsagend schweigt sie für einen Moment.

„Und?", drängt er.

Die Frau heißt Nora Dietrich. Von wegen Julia Winter."

Bachmann kratzt sich am Hinterkopf und sagt: „Das Unfallfahrzeug ist zweifelsohne auf Julia Winter zugelassen, wohnhaft in Weiler bei Bingen."

„Hat diese Julia Winter also nur die Frau des Autors gemimt?"

„Wäre eine plausible Erklärung, Beate."

„Was könnte dahinterstecken?"

„Vielleicht weiß dein Falko, wo der Autor sich gerade aufhält. Der muss ja wissen, was Sache ist."

„Mein Falko, Jörg", murmelt sie verärgert. „Ich bitte dich."

„Schlaues Kerlchen, dein Maulwurf. Dem hast du doch bestimmt von dem Unfalltod berichtet, oder?"

„Eine Hand wäscht nun mal die andere", räumt sie grinsend ein.

„Und er selbst hat keine Ahnung, wie die Dinge zusammenhängen? Das glaube ich nicht."

„Er hat sich bedeckt gehalten. Allerdings hat er mir ein weiteres Foto gezeigt: Die Frau drückt ihm vor seinem Publikum einen Kuss auf die Wange. Demonstrativ hat er sie ihr hingehalten. Zahnpastalächeln. Eine Inszenierung."

Bei diesen Worten klopft es an die Tür.

Ronald Dietrich schneit herein.

„Meine Begleiterin hatte am frühen Morgen einen tödlichen Autounfall", fällt er mit der Tür ins Haus.

„Woher wissen Sie?", fragt Bachmann überrascht.

„*HZ-Online*", erhält er zur Antwort.

Die Kommissare wechseln Blicke.

Wunderlich stellt fest: „Ihr Mitleid hält sich in Grenzen, Herr Dietrich."

„Rein professionelle Beziehung. Wir kannten uns seit zwei Tagen", erwidert er trocken.

„Professionell?"

„Frau Winters Job war es, Frau Kommissarin, meine Frau Nora zu vertreten."

„Vertreten?"

„Na ja, die Ähnlichkeit."

„Man ermittelt gegen Sie", wirft Bachmann ein.

„Ich lancierte eine Vermisstenanzeige, Herr Kommissar. Seit gut zwei Monaten kann ich Nora nicht erreichen. Sie ist im Sabbatjahr auf Bali. Da ticken die Uhren anders. Ich war selbst dort."

„Wo waren Sie in der Nacht?", will Wunderlich, einer plötzlichen Eingebung folgend, wissen.

Seelenruhig fixiert sie der Befragte. „Nach der Verhaftung?", fragt er dann lachend.

Als keine Reaktion erfolgt, sagt er: „Im Hotelbett. Alleine. Bevor Sie weiter im Nebel stochern, Frau Kommissarin. Die Lesung war anstrengend."

„Welches Hotel?"

„Das neue Moxy in Simmern."

„Wo auch Frau Winter (alias Nora) übernachtete?"

„Sie irren sich, Herr Bachmann. Sie zog es vor, nach Hause zu fahren. Ist ja nicht weit."

„Mit welchem Auto?"

„Keine Ahnung. Ich weiß nicht mal, ob sie überhaupt eins besitzt. Vielleicht hat sie nicht mal einen Führerschein."

„Wie das?"

„Auf der stressigen Fahrt vom Allgäu nach Simmern weigerte sie sich, mich mal zu entlasten und das Steuer zu übernehmen."

„Sie sprechen in Rätseln, Herr Dietrich. Eben hieß es, sie habe es vorgezogen, nach Hause zu fahren."

„Mit Nachbarn aus ihrem Dorf, die am Abend im *Pro Winzkino* waren. Wim Wenders *Lisbon Story*."

„Der Unfallort liegt nicht auf der Strecke nach Weiler", bemerkt die Kommissarin. „Er liegt abseits. Und auch die Unfallzeit ist ungewöhnlich. Aber das haben Sie ja online bereits mitgekriegt."

„Die beiden Tatbestände müssen Sie in der Tat wundern, Frau Wunderlich. Deshalb bin ich hier", sagt Roland Dietrich und fegt damit ihren Anflug von Ironie hinweg.

Erneut wechseln die Kommissare Blicke, dieses Mal im höchsten Maße irritiert.

„Wie meinen Sie das?", fragen beide wie aus einem Mund.

„Frau Winter klingelte mich gegen halb fünf Uhr aus dem Schlaf. Moment ... (Dietrich konsultiert sein Smartphone) Exakt um vier Uhr dreiunddreißig."

„Aha?"

„Sie müsse mich umgehend sprechen, sagte sie aufgeregt, wenn ich es richtig erinnere. Sie sei auf dem Sprung. In gut einer Stunde werde sie im Moxy sein. Hat sie sich ein Taxi bestellt?, fragte ich mich. Doch ich wartete vergeblich. Dachte mir, sie habe es sich vielleicht anders überlegt. Übermüdet schlief ich wieder ein. Und hatte allen Ernstes einen schrecklich-süßen Traum. Pardon. Vergesse gerade, dass wir hier in einem Poiizeirevier sind. Lassen wir's also. Für Sie müssen Fakten zählen, sonst nichts. Pardon."

„Nein, nein, Herr Dietrich!", begehrt Beate Wunderlich auf. „Erzählen Sie bitte!"

„Nun", hebt der Gefragte an, „meine Frau Nora kam ins Moxy, nicht Julia Winter, nein Nora. Wortlos entkleidete sie sich und schlüpfte zu mir ins Bett."

Bachmann verdreht die Augen.

„Wir hatten den beglückendsten Sex ever. Nun ja, umso ernüchtender, als ich aufwachte. Dann beim Frühstück die Nachricht auf *HZ-Online*. Sogleich machte ich mich auf den Weg zu Ihnen."

„Sie haben keine Vermutung ..."

„... was sie von mir wollte? Leider nein, Herr Kommissar."

„Lebte Frau Winter alleine in Weiler?"

„Keine Ahnung. Ich war nie dort und über ihr Privatleben haben wir kein Wort verloren."

„Beglückendster Sex ever", ätzt Bachmann. „Glaubst du ihm ansonsten?"

„Bin überfragt, Jörg", seufzt Beate Wunderlich.

„Ein aufrichtiger Zeitgenosse oder ein kaltschnäuziger?"

„Jedenfalls ein abgebrühter Schriftsteller, obendrein Krimi-Autor", sagt sie. „Weiß der Teufel, was dessen Phantasie ausgebrütet hat."

„Auf jeden Fall eine harte Nuss", grummelt Bachmann, „die wir zu knacken haben."

„Wir müssen überprüfen, ob stimmt, was er uns gesagt hat, Jörg."

„Ich fange im Moxy an", entscheidet er. „Später fahren wir zusammen nach Weiler und hören uns da mal um."

„Okay", sagt Beate. „Ich kümmere mich zuvor um die Zuhörer. Und beginne mit dem Initiator der Lesung."

„Du bist gut informiert", wundert sich ihr wieder einmal eifersüchtiger Lebensgefährte.

„Na ja, der Doktor Werner (er betreibt die Buchhandlung *Schatzinsel*), der hat mich kürzlich auf die anstehende Autorenlesung im Schinderhannesturm aufmerksam gemacht."

„So, so", knurrt Bachmann. „Schön, dass du mir das jetzt schon unter die Nase reibst."

„Der war mit Sicherheit dabei", sagt sie, Jörgs Unmut ignorierend. „Im Übrigen wäre es mir neu, dass du dich für Literatur interessiertest."

„Ihr ermittelt in der Sache", sagt er, verschmitzt lächelnd, und blickt flackernden Auges auf das Bild der *RZ* auf seiner Ladentheke.

„Stecken Fakten hinter der Online-Nachricht vom Unfalltod?", fragt er lauernd.

„Du kannst uns da bestimmt weiterhelfen, Karl", nimmt Beate den Ball auf, ohne die Frage zu beantworten.

„Mir war klar, dass sie (er zeigt auf das Foto) nicht seine Gattin ist."

„Aha?"

„Reine Show. Ein Zahnpastakuss zum Abschluss."

„Deine Erklärung?"

„Dietrich liebt solche inszenierten Auftritte. Und da ihm zur Zeit Nora, sagen wir mal, abhanden gekommen ist, hat er für adäquaten Ersatz gesorgt. Findig, wie er nun mal ist."

„Du kennst ihn also schon länger?"

Karl Werner nickt und sagt: „,Kennen' ist das falsche Wort, Beate. Ich weiß nicht einmal, ob Roland sich selbst kennt."

Bei diesen Worten greift der Buchhändler zum *Hunsrückskandal,* der gestapelt auf dem Ladentisch neben der *HZ* liegt, und lächelt versonnen.

Wunderlich schaut ihn aus großen Augen an.

„Er lebt in der Phantasiewelt seiner Literatur. Chamäleonartig wechselt Roland Dietrich die Rollen wie andere ihre Unterwäsche."

„Das macht unsere Ermittlungen nicht gerade einfacher", seufzt Beate Wunderlich.

Noch komplizierter wird es, als sie Stunden später mit Jörg in Weiler das Haus der Unfalltoten ansteuern. Eine Nachbarin schlurft gerade vorbei.

„Sie kennen die Frau, die hier wohnt?"

„Wer will dat wisse?"

Wunderlich zeigt ihre Dienstmarke her.

„Die Fraa is meesdens fott."

„Jetzt ist sie aber da. Seit wann?"

„Eijo, letzt Wuch isse wire uffgetaucht. Hon misch gewunnat, dat se uff emo mit dem Cabrio rumgefaa is. Dat hot sust nore in da Garasch rumgestan."

„Wohnt Frau Winter allein in dem Haus?"

„Isch hon sust niemand do gesiin. Awa isch sen do aach nit uff da Laua, Frau Kommissa."

Bachmann klingelt. Eine Weile müssen sie warten, dann wird die Tür geöffnet und ... Julia Winter starrt sie mit tränenverhangenen Augen an.

„Sie?!", entfährt es Bachmann und er zeigt seine Polizeimarke her.

Wortlos tritt sie zur Seite und bittet beide Kommissare mit zittriger Handbewegung einzutreten. ...

In der noblen Wohn-Ess-Küche macht sie sich am Kaffeeautomaten zu schaffen. „Wie funktioniert das blöde Ding nur?", knurrt sie.

Er kommt ihr zu Hilfe und startet die Nespresso-Maschine. Derweil sucht sie fahrig in dem vielfächrigen Wandschrank nach Tassen, Tellern und Servietten ...

„Nora Dietrich hatte mich beauftragt", sagt sie, „um vier Uhr dreißig letzte Nacht ihren Mann Roland anzurufen, um ‚meinen' überstürzten Besuch im Moxy anzukündigen, also eigentlich ihren Besuch."

„Nochmal, zum Mitschreiben, Frau Winter", hakt Wunderlich irritiert nach. „Herr Dietrich konnte mit Ihrem Besuch rechnen. Doch seine Frau Nora wäre, wenn alles glatt gelaufen wäre, am frühen Morgen bei ihm im Hotel aufgekreuzt. Habe ich das so richtig verstanden?"

„Ja. Und dann passierte der Unfall. Ich habe erst, kurz bevor Sie klingelten, davon erfahren."

„Bei der Autorenlesung gestern Abend spielten Sie die Rolle der Ehefrau, Frau Winter?"

„So ist es, Herr Kommissar. Das war mein Job."

„Und wie und wann kam die richtige Frau Dietrich ins Spiel?"

„Zunächst gar nicht. Roland Dietrich wähnt wohl bis jetzt, sie sei auf Bali oder wo auch immer."

„Dass er daneben liegt, das war Ihnen aber schon klar?"

„Ich mach's kurz. Frau Dietrich hat mich vor etwa zwei Wochen kontaktiert und engagiert. Sie kennt, äh sie kannte ihren Mann ja bestens, in- und auswendig. Deshalb war ihr klar, dass er Ersatz suche. Also für die Lesereise, die ihm eminent wichtig sei. Für nichts sonst. Und Nora war sich sicher, er werde ebenso wie sie selbst auf mich stoßen."

„Wie das?", wundert sich Beate.

„Tut eigentlich nichts zur Sache. Nur so viel: KI gesteuerte App ‚physiognomische Ähnlichkeiten'. Unterkategorien: Geschlecht, Herkunft, Alter, Wohnort, Sozialstatus, Herkunft usw."

„Echt jetzt?"

Jörg Bachmann staunt und Beate Wunderlich fragt: „Sie spielten also ein doppeltes Spiel."

Winter antwortet mit einem Achselzucken. „In meinem Job, Frau Kommissarin", sagt sie, „da muss man schauen, wo man bleibt."

„Können Sie sich das erklären?", will Bachmann wissen. „Was hat die Ehefrau getrieben, ihren Mann am frühen Morgen nach seiner Lesung im Schinderhannesturm in einem anonymen Business-Hotel in Simmern zu, ja was denn? Zu überfallen?"

„Das weiß ich nicht und an Spekulationen beteilige ich mich nicht: Ich gefährde doch nicht mein Geschäftsmodell!"

Bei diesen Worten huscht ein schlüpfriges Grinsen über ihr Gesicht. Von Mitleidstränen keine Spur mehr.

„Wann ist Nora Dietrich bei Ihnen vorstellig geworden?", fragt Wunderlich in die kurze Schweigepause hinein.

„Nun", erhält sie zur Antwort, „gestern am späten Abend. Ich war gerade hier eingetroffen. Sie bezahlte einen üppigen Mietpreis für mein Cabrio. Dann fuhr sie los."

„Eine Frage noch zu ihrem Wagen. Ist der technisch im Schuss?"

„Davon gehe ich aus", antwortet sie überrascht. „Hab aber zugegebenermaßen keine Ahnung. Der ist wie neu und steht zumeist in der Garage. Ich bin eine miserable Autofahrerin, deshalb fahre ich nur ungern selbst."

Als sie merkt, wie die Brauen des Kommissars in die Stirn fahren, schiebt sie nach: „Sie fragen sich, warum hat die Frau dann einen so teuren Schlitten?"

Bachmann nickt.

„Ist eine ganz witzige Geschichte", sagt sie, nun schmunzelnd. „Ein sehr guter und recht betuchter Freund hatte das Cabrio für seine Frau zum Geburtstag gekauft. ‚Geschmacklos!', so ihr vernichtendes Urteil; allenfalls ein schwarzes BMW-Cabrio sei akzptabel. Daraufhin schenkte er mir kurzerhand den blauen Neuwagen. In dem wartete ich unlängst vor einer Ampel. Der Familienporsche, gesteuert von seiner Gattin, schob sich seitlich neben mich und sie zeigte mir brüsk den Mittelfinger."

„Wie heißen Freund und Frau?", insistiert Wunderlich.

„Der Name steht als Erstbesitzer im Fahrzeugschein. Und der Schein liegt in der Ablage vorm Beifahrersitz."

„Die Ablage war leer", sagt Bachmann.

„Ich bin mir sicher: Nora Dietrich habe ich den Schein gezeigt. Sie fragte danach."

„Und der Fahrzeugbrief?"

„Oh, den hab ich nicht."

„Hat Ihr Freund für sie die Anmeldung übernommen?"

„Ja, bin froh, dass er mir den Büromist erspart hat."

„Und den Brief hat er als Rückversicherung einbehalten", sagt Bachmann grinsend.

Auf der Rückfahrt sagt Beate: „Jemand muss, bevor wir am Unfallort auftauchten, Fahrzeugschein und Handtasche samt Portemonnaie aus dem Unfallwagen gestohlen haben, oder?"

„Oder sie hat uns einen Bären aufgebunden."

„Warum so misstrauisch, Jörg?"

„Die Dame kannte sich in ihrem eigenen Haushalt nicht aus, Beate!"

„Ist mir natürlich nicht entgangen", sagt sie.

„Den Namen des Geliebten und dessen Ehefrau wollte sie nicht rausrücken, verständlicherweise", sagt er.

„Das haben wir gleich", sagt Beate.

„Überprüft, wer der Erstbesitzer des BMW Einser Cabrio mit dem Kennzeichen BIN JW 18 ist. Wir benötigen auch dessen Wohnort."

„Moment bitte", ertönt es aus dem Polizeifunk, „Samuel Stiller, Dorfstraße sieben, Riegenroth."

„Dann werden wir diesem Herrn Stiller mal auf die Pelle rücken. Liegt ja auf unserem Rückweg", kündigt Bachmann an.

„Seine Frau dürfte verreist sein, oder?"

„Läge nahe, Beate", sagt Bachmann.

Das Haus ist zur Zeit verwaist. Doch der Bauer, der das Nachbarhaus bewohnt, bestätigt mit breitem Grinsen im zerfurchten Gesicht, in der vorletzten Nacht habe ein blaues BMW-Cabrio vor Stillers Haus geparkt.

„Nit zum ersde Mol!"

Stillers Frau sei übrigens seit einer Woche mal wieder auf Kreuzfahrt.

Auf der Weiterfahrt nach Simmern meint Wunderlich: „Wir sollten trotz allem Roland Dietrich bitten, seine Frau Nora zu identifizieren. Nach unserem Besuch in Weiler hätten wir, wie er sich denken könne, Zweifel."

„Der wird aus allen Wolken fallen, Beate."

„Oder auch nicht", geheimnist sie.

Jörgs Blick aus den Augenwinkeln begegnet sie mit dem Hinweis: „weibliche Intuition, mein Lieber."

Seine Stirn legt sich augenblicks in Falten. Statt eines verbalen Kommentars drückt er aufs Gaspedal und meint: „Intuition ging der Rezeptionisten des Moxy völlig ab. Dietrichs Angaben wurden bestätigt. Sein Mercedes-SUV OA RN 86 parkte vor dem Hotel. Er habe noch drei Übernachtungen gebucht."

„Wie das?"

„Fragen wir ihn."

Als sie vor dem Moxy Halt machen, will Dietrich gerade in seinen Wagen steigen. Er zögert. Die Ermittler kommen auf ihn zu.

„Bin auf dem Weg nach Mainz. In der Buchhandlung am Dom ein Vorgespräch wegen der Lesung übermorgen Abend. Sie sind gerne eingeladen."

„Das trifft sich gut."

„Wirklich, Frau Wunderlich?"

„Wir möchten Sie bitten, uns in die Pathologie der Uni Mainz zu begleiten, um die tote Frau Winter zu identifizieren."

„Muss das sein? Ich bin kein Anverwandter, kenne sie kaum."

„Physiognomische Ähnlichkeiten, wissen Sie. Jeder Mensch hat, statistisch gesehen, sieben Doppelgänger."

„Wir müssen sicher gehen", sagt Bachmann. „Ist es wirklich Frau Winter, die zu Tode gekommen ist."

„Natürlich nur mit Ihrem Einverständnis", fügt Wunderlich hinzu. „Wie Sie schon sagten, keine Verwandtschaft und so. Frau Winter hat allerdings keine Verwandtschaft, die wir ansprechen könnten. Sie würden unsere Ermittlungen sehr unterstützen."

„Wir können gleich losfahren", sagt Bachmann. „Gerne mit unserem Dienstwagen. Ist bequemer für Sie. Wir würden anschließend im Dom-Café auf Sie warten."

„Wenn's der Wahrheitsfindung dient", gibt sich Autor Roland Dietrich geschlagen und hat sein Kopfnotizbuch bereits aufgeschlagen. ...

Ohne mit der Wimper zu zucken, sagt er beim Anblick der aufgebahrten Toten: „Eindeutig Julia Winter."
„Da sind Sie sich sicher?"
„Todsicher, Herr Kommissar." ...
Im Domcafé überfliegt Beate Wunderlich den Obduktionsbefund, den man ihr mitgegeben hat. „Die Obduktion des Leichnams bestätigt weitgehend Doktor Giesens Ersteinschätzung, Jörg." Dann liest sie ihm den entscheidenden Passus vor: „Die Sehleistung Julia Winters war aufgrund grauen Stars in beiden Augen derart eingeschränkt, dass sie kein Auto hätte fahren dürfen."
Während die Bedienung die bestellte Herrentorte auftischt, vibriert Bachmanns Smartphone. Seine buschigen Brauen schieben sich in die Stirnglatze. „Befund der KTU, Beate. ‚Keine belastbaren technischen Auffälligkeiten an dem Unfallfahrzeug BMW Einser Cabrio mit dem Kennzeichen BIN JW 18. Bremsbeläge und -scheiben hätten allerdings dringend erneuert werden müssen, Verschleiß wahrscheinlich aufgrund allzu langer Standzeiten des Wagens.'" ...
Wenig später setzt sich Roland Dietrich (nach dem Besuch in der Dombuchhandlung) schmunzelnd zu den beiden Kommissaren und reicht ihnen ein Taschenbuch her. John Updike *Werben um die eigene Frau.* „Stand doch tatsächlich im Regal. Für Sie. Ich dachte, das könnte Sie interessieren."

Gelbe Schnürsenkel

Er lehnt am Holzgeländer des Treppenaufgangs vorm Eingang in den Schinderhannesturm und lässt seinen Blick, Grimassen schneidend, schweifen.

Der Wind treibt von der Hüllstraße herab und hat nichts Neues im Gepäck.

Die Greisin auf dem Balkon schräg gegenüber hat den starren Blick Neugieriger. Es hat ihr noch keiner den Gefallen getan, von der Turmbrüstung zu fallen. Sie glaubt, der Clown spiele für sie auf. Erwartungsvoll räkelt sie sich in ihrem Stuhl. Die Glocken der Stephanskirche läuten, als kündigten sie den Auftritt an.

Allmählich füllt sich vor dem Balkon der Frau der Turmhof mit Leuten, die gespannt warten, was der Clown zu bieten hat.

Ein Milan zieht am blauen Himmel seine Kreise, als beobachte auch er die Szenerie.

Da schießt der Finger des Clowns nach vorne und er nickt herüber. Erschreckt fährt die Frau zusammen. Meint er mich?, scheint sie sich zu fragen. Ruckartig bewegt sie den Kopf. Der Clown wiederholt sein Nicken. Er greift sich an die Stirn, entdeckt, dass er keinen Hut aufhat, der ihn vor den blitzenden Sonnenstrahlen schützt, und verschwindet im Innern des Turms, um gleich darauf mit einem Strohhut zurückzukommen. Einen zweiten hat er in der Rechten. Den lässt er nach unten segeln. Ein Mädchen versteht die Geste, erbittet sich von ihrer Mutter eine Münze und steckt sie in den umgestülpten Strohhut. Die alte Frau scheint zu begreifen, dass sie nur eine Zuschauerin unter vielen ist, und ihr zerfurchtes Gesicht verdunkelt sich.

Die Kinder im Publikum lachen und klatschen dem Clown zu. Artig verbeugt er sich und schenkt ihnen Handküsse und sein Clownslächeln. Hoch oben steht er auf seiner Theaterbühne. Die Glocken verstummen. Gespannte Stille auf einmal.

In Zeitlupe zieht er eine Flöte aus seinem Kostüm, spitzt die knallrot angestrichenen Lippen und beginnt zu spielen. *O mein Papa, war eine wunderbare Clown …*

Wie aus heiterem Himmel hechtet, wie ein Zeuge der Polizei mitteilen wird, eine maskierte Person die Treppe hinauf und springt auf ihn zu. Es kommt zu einem Handgemenge. Der Maskierte ist stärker und unversehens stürzt der Clown die Treppe hinunter. Der Wind trägt seinen Strohhut hinweg. Der Maskierte überspringt den Clown, der sich am Treppenfuß vor Schmerzen krümmt, und eilt davon.

Da erst löst sich die Schockstarre des Publikums. Man eilt dem Opfer zu Hilfe. Nach nur wenigen Minuten ertönt ein Martinshorn; Sanitäter sind bald zur Stelle, Polizisten sorgen für Ruhe und befragen Zeugen. Einige haben das Geschehen videografiert. Die Greisin späht herüber und wartet sehnsüchtig, dass man auch sie befragt. Das Mädchen, das die Münze in den Hut steckte, überrascht mit einer Beobachtung: „Der gelbe Schnürsenkel."

„Was meinst du damit?", fragt die Kommissarin, die Stirn gerunzelt.

„Der Herr Mattes, also unser Mathelehrer, der ist farbenblind. Heute Morgen hatte er dieselben roten Sneaker an wie der maskierte Mann. Und gelbe Schnürsenkel."

„Die will auch die alte Frau drüben auf dem Balkon (sein Blick geht dorthin) gesehen haben", sagt der Kommissar, der soeben hinzutritt.

Tags zuvor.

Marielle sitzt auf der Gartenbank und blickt versonnen auf ihr Clownskostüm; lange hat es in in einer Kleiderkiste darauf gewartet, wachgeküsst zu werden. Da schrecken quietschende Bremsen die junge Frau auf.

Er springt vom Mountainbike und bellt: „Willst du mich auch noch damit zum Gespött der Schüler machen?"

„Ich liebe es", entgegnet sie ungerührt und streicht über das Kostüm, als sei es das seidige Fell einer Angorakatze.

„Das lasse ich dir nicht durchgehen!", herrscht Marius Mattes, ihr Ehemann, sie an.

„Was willst du machen?", fragt sie augenrollend und hält die Hand vor den Mund, um ein Gähnen zu kaschieren.

„Wirst schon sehen."

„Ich hatte einen Traum", sagt sie und fixiert seinen Blick.

„Interessiert mich nicht die Bohne", knurrt er.

„Dachte ich mir", sagt sie und zieht einen gefalteten Zettel aus dem Dekolleté, um ihn in den Schlitz seines Fahrradhelms zu stecken. Mit diesen Worten lässt sie ihn im einsetzenden Regen stehen.

Mürrisch entfaltet er den Zettel und liest:

„Den Turmwächter bezirzend, hatte ich mir Zugang zum Verlies verschafft. Kloakengeruch schlug mir entgegen. Aus tief in den Höhlen liegenden stahlgrauen Augen stierte mich der Gefangene an. Wie lange hatte er keine Frau mehr vor die Flinte gekriegt? Wohl wissend, es mit einem verschlagenen Banditen und Mörder zu tun zu haben, überfiel mich dennoch ein erotischer Schauer, wie ich ihn noch nie erlebt hatte. Angst vor Johannes Bückler, genannt der Schinderhannes, hatte ich keine. Nicht nur, weil er mit Handschellen an einen Eisenpfahl gekettet war. Langsam öffnete ich meine Bluse … und es kam, wie es kommen musste."

„Die ist irre!" Wütend zerknüllt er das Papier, wirft es in eine Pfütze und zermalmt es mit seinem Absatz. Dann, anscheinend einer plötzlichen Eingebung folgend, hält er inne, bückt sich, ergreift den Fetzen, versucht ihn glattzubügeln und überfliegt, was noch zu lesen ist. Jetzt scheint er zu begreifen, jedenfalls fährt er sich mit der Hand, den Kopf leicht gesenkt, über denselben.

Ein anderer Zeuge erzählt nach dem misslichen Ereignis vor dem Schinderhannesturm, der Maskierte habe sich der Flötenspielerin genähert. Als diese ihn bemerkt habe, habe sie mit der Flöte auf ihn, der auf sie eingeredet habe, eingeschlagen. Er habe sich weggeduckt. Dann sei es zu einem Handgemenge gekommen. Dabei sei sie unglücklich ausgerutscht und die Treppe hinabgestürzt. Der Maskierte habe sich versichert, dass sie, stöhnend, sich keine schweren Verletzungen zugezogen habe, und sei dann davongelaufen. Gelbe Schnürsenkel seien ihm nicht aufgefallen.

„Gute Story für unser Maskengame, oder? ‚Mein Clown' ist meine Quelle."

„Der Mattes ist die perfekte Maske."

Das Lob ihrer Gruppe freut sie, überrascht sie aber nicht.

Anregung: Ilse Aichinger, Das Fenster-Theater

Künstlertreff im Schinderhannesturm

Gebrieft hat der Edgar mich. „Ein Drehbuch gibt es, aber nicht für dich." Er setzt auf mein Improvisationstalent, „damit es echt wirkt." Drum habe ich mich auf die Geschichte eingelassen. Alles ist bestens arrangiert. Versteckte Kameras leuchten jede Ecke aus. Ich bin gespannt.

Der Tisch ist für etliche Gäste gedeckt: im Museumsraum des Schinderhannesturms, im ersten Stock, über dem Verlies. Besucher müssen, von allen Seiten einsehbar, die Treppe hochsteigen.

Jemand klopft. Das beruhigt mich. Ich öffne. Und finde mich einem Zwanzigjährigen in zerlumpten Klamotten gegenüber. Unruhig blitzen mich seine stahlgrauen Augen an, fettige Haarsträhnen auf der fliehenden Stirn. „Hi hon isch paa Monade ingesäss", knurrt er, schiebt mich unwirsch zur Seite und stiefelt hinein. Seine Augen heften sich auf sein eingerahmtes Konterfei. „Nit se glaawee", sagt er. Unverschämt grinsend, steckt er seinen Kopf in das Loch der Stellwand mit der Figur des Schinderhannes und fordert mich auf, ihn als eben den Dargestellten zu fotografieren. Dann lümmelt er sich an den Tisch.

Gerade als ich ihn ansprechen will, stolpert ein hagerer Mittvierziger in Leinenhose und Strickpullover herein. „Mein Name ist Friedrich Karl Ströher", sagt er mit dünner Stimme und ringt nach Luft. „Nicht so einfach mit einhundertachtundvierzig Jahren", stöhnt er.

„Was soll ich erst sagen", seufzt ein Mann mit einem riesigen Zinken im zerfurchten Gesicht in meinem Rücken: „Ist mir's doch, als ob mich riefen Väter aus des Grabes Nacht."

Schnaufend pflanzt er sich zu den beiden an den gedeckten Tisch. „Ich bin übrigens der Bürgermeister Johann Peter Rottman und habe bereits zweihundertfünfundzwanzig Lenze auf dem Buckel, junger Mann", lässt er Ströher wissen. „Geboren bin ich im Jahr, als der (er zeigt auf den Lümmel, der ihn dreist angrinst) hier in diesem Turm eingekerkert wurde."

„Dem hodma meine Name gen", ereifert sich der Schinderhannes. „Disch awa hodma voa koazem ous deynem eyene Paak

© N. Thinnes

ousgebuddelt un en Waldkinnagaade druffgesesetzt." Ein bösartiges Lachen begleitet die lästerliche Tirade des Johannes Bückler.

Da erklingen liebliche Töne: Im Rahmen der wuchtigen Turmeingangstür postiert, spielt die zierliche, mädchenhafte Flötenspielerin von Simmern auf und ihre Musik legt sich wie ein beruhigender Schleier über das Gezeter.

„Darf ich vorstellen, meine Herrn", sage ich. „Dorothee Oberlinger, Ehrenbürgerin unseres traditionsreichen Städtchens."

In die Hände klatschend, meldet Edgar sich aus einem Nischenversteck. „Ich habe mir eben gedacht, wir müssten den Windhäuser Karl noch einbauen. Den könntest du geben, Leonhard."

„Nein, nein", entgegne ich, „die Rolle passt zu dir, Edgar."

„Welche Rolle meinst du?", fragt er lauernd.

Ich schaue ihn achselzuckend an und sage: „Du bist der Regisseur."

Hätte ich besser mal unterlassen.

„Nicht die des misstrauischen Dorfpolizisten", kontert er genüsslich. „Die Rolle spielte Herr Windhäuser in *Die Reise nach*

Wien. Die Rolle des Deutschlehrers, meine ich, dein natürlicher Part, Leonhard. Dorothee sagt, die sei dir auf den Leib geschnitten."

Die Flötenspielerin nickt mir, ihrem ehemaligen Lehrer, schmunzelnd zu.

So einfach lasse ich ihn nicht vom Haken, denke ich mir. „Wir waren beide Windhäusers Schüler, wenngleich zeitversetzt, Edgar. Beide haben wir ihn, den Deutschlehrer und Theaterliebhaber Windhäuser, geschätzt."

„Stimmt, doch darum geht's nicht."

„Okay. ... Wenn du die Rolle des Johann Peter Hebel übernimmst."

„Also zweihundertvierundsechzig Jahre, während du nur hundertvierzehn schulterst", knurrt er.

„Und worüber unterhalten wir uns dann hier bei Tisch?"

„Jeder, wie ihm der Schnabel gewachsen ist", meint er. „Über dies und das. Hauptsache der Gesprächsfaden reißt nicht ab."

„Bißchen dünn", sage ich.

„Also", sagt Edgar, „ich empöre mich über die Verspargelung unserer schönen Hunsrücklandschaft: ,Als ich diese Ungeheuer sah, fiel ich fast um und vom Glauben ab.'"

„Diese Monster", wendet Dorothee ein, „die sind für den Rhein-Hunsrück-Kreis heute ein ökologisches Alleinstellungsmerkmal."

„Rein-Hunsrück-Kreis? Ökologisch? Wat heysdat?", mäkelt Rottmann.

„Noumorische Sache", nörgelt Ströher. Seine schwarzen Äuglein, die mich an Herrn Windhäuser erinnern, tasten die Wände des Mauergewölbes und die Ausstellungsstücke ab. Grummelnd bedauert er: „Worum is mer dat Turm-Motiv nie in de Sinn kum?"

Der neben ihm platzierte Rottmann nickt und bläst ins gleiche Horn: „Ke eenzisch Gedichtzeil vun mer iwa de Schinnahannes ore de Turm."

„Isch muss de Karl Kaul aanstubse", sinniert Ströher. „Dä muss de Turm zeichne un mole."

„Mein Binger Freund Norbert Thinnes hat die Lücke gefüllt", lasse ich die beiden Grübler wissen und zeige ihnen die Werke auf dem Smartphone her. Ungläubig flackern ihre Augen.

Der Schinderhannes gafft derweil mit halboffenem Mund, der schlechte Zähne zeigt, in einem fort die attraktive, braungelockte Flötenspielerin an, als wolle er sich mit ihr in die Büsche schlagen. Dabei ist der Turm ringsum zugepflastert – für Vögel wie ihn allemal.

Bruderzwist

Felix hat den Eltern „meine zukünftige Frau" vorgestellt. Während er sich mit seiner Mutter in der Küche unterhält, sind sein Vater und Mona im Wohnzimmer, das auf die gepflegte parkartige Gartenanlage mit angrenzendem Swimmingpool schaut.

„Wir gehören einer Generation und sozialen Schicht an, die nicht zum Überschwang neigt", lässt er seine zukünftige Schwiegertochter wissen und schwenkt den trockenen Primitivo im dickbauchigen Rotweinglas.

„Das könnten auch mein Eltern gesagt haben", sagt sie. Hochaufgerichtet sitzt sie im Sessel, den Kopf leicht spöttisch zur Seite geneigt, die Hände mit den Flächen nach unten im Schoß.

„Meine Mutter meint, ein Hang zu Misstrauen, zumindest zur Vorsicht sei ihr eingeimpft worden."

„Dann hatte sie vermutlich auch Eltern, die um ihr Selbstverständnis gebracht worden waren", sagt Doktor Fenkner und steht auf, um die Balkontür zu öffnen.

„Zuneigung wird durch fein abgestufte Dosierungen der Reserviertheit ausgedrückt."

„Wer sagt das?", fragt er verblüfft und dreht sich dabei mit einem Ruck zu Mona um.

„Bourdieu attestiert es dem wohlsituierten Bürgertum", antwortet sie, die ovalen blauen Augen ungerührt auf ihn gerichtet.

„Sie studieren Soziologie?"

„Auch."

„Mit welchem Ziel?"

„Denken lernen."

Ein Lächeln huscht ihm übers gebräunte Gesicht.

Das Schluss-Ping-Pong beobachtend, steht Thomas grinsend im Türrahmen.

„Dachte ich's mir", sagt er, die buschigen Brauen in die Sirn gezogen.

„Ich kann eben nicht raus aus meiner Haut", sagt sein Vater schmunzelnd und zeigt ihm von der Bartheke neben dem geschlossenen Eingang zum Herrnzimmer aus die Flasche Primitivo her.

„Später, Vater", sagt sein Sohn und nimmt neben Mona Platz.

„Mutter meint, wir sollten für neunzehn Uhr einen Tisch im Birkenhof reservieren, Mona."

Sie nickt und Fenkner tippt Ziffern ins Smartphone. „Schon erledigt."

„Mutter hat gesagt, du hast deinen Ausflug in die Politik bereits beendet", sagt Thomas mit leichter Verwunderung in der Stimme.

„Wisst Ihr", sagt Fenkner versonnen und schaut die beiden mit flackernden Augen an, „ich bin kein Experte fürs Händeschütteln, Ausredenfinden, Präsenzzeigen, Würstebraten, Bierspendieren, Interviewgeben, Posieren und Grinsen von Wahlplakaten."

„Verstehe ich nur zu gut", meint Thomas, „aber wusstest du das nicht schon lange?"

Sein Vater nickt und antwortet: „Aber ich musste es erst erfahren."

„Sehr sympathisch", sagt Mona. „Wenngleich ..."

„Ich weiß", ergänzt ihr Schwiegervater in spe, „ wenngleich es Leute geben muss, die den Job gut machen. Apropos Job, Thomas. Wir müssen uns bald mal zusammensetzen. Die Firmennachfolge."

„Auf, auf!" Seine Gattin schneit herein, wie immer wie aus dem Ei gepellt. Schickes dunkelblaues Kostüm, dezentes Make-up im freundlichen Gesicht, das noch weitgehend von Fältchen verschont geblieben ist. Das Alter hat bislang auch figürlich einen charmanten Bogen um sie gemacht. „Roswitha hat draußen aufgetischt."

„Frankfurter Kranz natürlich", sagt Thomas schelmisch lächelnd und drückt Mona sanft die Hand, ohne dass seine Eltern es merken.

Da klingelt das Telefon und Fenkner greift zum Hörer: „Feuerlöscher-Wartung? ... Da sind Sie falsch. ... Nein, Doktor Fenkner. ... Ja bitte."

„So was", grummelt er und geht als Letzter hinaus. ...

„Schön haben Sie's hier", sagt Mona und lässt ihren Blick kreisen, bis er an dem Riesenstück Torte kleben bleibt. Da hört sie eine fremde Stimme hinter sich, die lachend ruft: „Da musst du durch, Schwägerin."

Thomas' Bruder umkurvt sie, grüßt mit einem angedeuteten Nicken in die Runde und stellt sich vor: „Lutz. Der kleine Bruder vom großen ... oder umgekehrt."

„Wie man's nimmt", sagt Mona, Lutz' Lachen schlagfertig aufnehmend.

„Mit dir hätte ich jetzt nicht gerade gerechnet", entfährt es Thomas säuerlich.

Die von ihm provozierten Schweigesekunden überbrückt Roswitha: Geistesgegenwärtig fährt sie wie selbstverständlich rasch ein fünftes Service und ein fünftes Glas Sekt auf und Lutz mit blitzenden Augen an. Dann greift sie die speckige Lederjacke, die Lutz achtlos auf die Holzbank neben der Tischgruppe geworfen hat: „Hängt im Hausflur."

Die Mutter der beiden ungleichen Söhne hebt ihr Glas und sagt: „Auf unsre frisch Verlobten."

„Drum bin ich hier", stößt Lutz flugs als erster, maliziös grinsend, mit ihr an. ...

Während Roswitha Kaffee einschenkt, mustert Lutz ungeniert Mona, die ihn nur kurz aus den Augenwinkeln streift.

„Wie geht's jetzt weiter?", richtet Doktor Fenkner seine als Stimmungsaufheller gemeinte Frage an das Paar.

Als hätte er den Hinweis erwartet, greift Thomas in seine Jacketttasche und nestelt umständlich ein zusammengefaltetes Papier heraus. Mona schickt ihm einen aufmunternden Blick zu.

„Wir wollten", sagt er, „die Einladungsliste mit euch durchgehen."

„Hab mir 'ne Neue zugelegt, Loretta heißt sie", fährt Lutz schmatzend dazwischen, „Die bring ich natürlich mit."

Thomas hüstelt die Unverfrorenheit seines Bruders weg und reicht das Papier seinen Eltern, die sogleich bereitwillig gemeinsam die Liste überfliegen.

„Wo und wann soll die Party steigen?"

Lutz' dreiste Frage straft sein Vater mit scharfem Blick ab.

„Ich meine ja nur", grummelt Lutz. „Ich hätte da nämlich 'ne geile Location ..."

„Lutz bitte!", sagt seine Mutter und tupft sich mit der Serviette über den rot angestrichenen, zitternden Mund.

„Halt dich da raus!", weist sein Vater ihn zurecht.

Unerwartet fragt Mona: „Lass mal hören, Schwager!"

„Weingut Stutenbiss im Rheingau", wiehert er und schlägt sich auf die Schenkel. „Floretta jobbt da."

„Wusste gar nicht, dass du einen solch ausgefuchst komödiantischen Bruder hast", schiebt Mona die rasch aufziehenden Gewitterwolken resolut beiseite. „Hätte ich einem drögen Mathematik-Studenten (Thomas weicht ihrem Blick aus) gar nicht zugetraut. Stimmt doch, Mathe meine ich, oder?"

Nur kurz schaut sie zur Seite und wendet sich abrupt wieder ab, als störe sie sich an Lutz' hakennasigem Profil.

Ihre Schwiegereltern in spe wechseln Blicke. Thomas, dem Röte ins Gesicht geschossen ist, fummelt an seiner Krawatte. Roswitha, erfahren in solchen Situationen, schenkt mit bierernster Miene Kaffee nach.

Lutz krempelt die Ärmel seines Holzfällerhemds hoch und schaufelt sich das verwaiste Stück Frankfurter Kranz auf den Teller.

„Immer wieder gut!", schickt er einen Gruß an seine Mutter, die zum x-ten Mal mit verkniffenem Gesicht die Einladungsliste durchstöbert, als sei sie ein Buch mit sieben Siegeln.

„Und danke für deine Einladung."

„Schön, dass Ihr auch meine Schwester mit Vera einladen wollt", beeilt sie sich zu sagen, als wolle sie den süffisant nachgereichten Hinweis ihres Jüngsten vom Tisch wischen.

„Unsre giftige Cousine Vera", sagt Lutz, nicht locker lassend, zu Mona, „die schafft es im Nu, die Stimmung am Tisch in den Keller zu fahren."

„Aha?", erwidert Mona und grinst ihn vielsagend an.

„Sorry", sagt Lutz und hebt wie zur Entschuldigung beide Arme.

Mona, seine Schauspielerei durchschauend, geht in den Gegenangriff über.

„Thomas, ich glaube, dein Bruder will uns glauben machen, dass es keine gute Idee ist, ihn zu unsrem Fest einzuladen, oder?"

Bei diesen Worten schiebt sie ihre sinnliche Unterlippe leicht vor, dass ihr hübscher Mund sich in den Winkeln herabzieht, wie um ihr Bedauern zu bekunden.

Verdattert nickt Thomas, halbherzig.

© N. Thinnes

„Streichen wir ihn von der Liste", entscheidet sie, ohne Lutz eines Blickes zu würdigen, und kramt einen Kuli aus ihrer von der Mutter vererbten krokodilledernen Handtasche.

Lutz bleibt das Gäbelchen mit dem letzten Stück Frankfurter Kranz in der Luft stehen.

„Wenn es noch einer Antwort bedurft hätte", schwingt sich Doktor Fenkner zu einer Reaktion auf, „Mona hat sie ein für allemal gegeben. Auf euer Wohl, Ihr beiden", frohlockt er und hebt das von Roswitha nachgefüllte Sektglas.

Roswitha, in gebührendem Abstand das Geschehen beobachtend, strahlt übers ganze Gesicht.

„Mit der Rolle des Stellvertreters hadert Lutz nach wie vor", sagt sie beim Abendessen zu Herbert, ihrem Stiefbruder, der zu Besuch ist.

„Stellvertreter?"

„Lutz' Zwillingsbruder verstarb bei der Geburt", seufzt sie.

„Rattenscharf, meine Schwägerin in spe", sagt er am Abend zu Loretta. „Da ist noch nicht das letzte Wort gesprochen."

„Wage es nicht!", entgegnet sie ihm unmissverständlich.

„Kannst ja dabei sein", säuselt er mit einem schiefen Grinsen.

„Wobei?"

„Beim Polterabend."

„Eben hast du gesagt, du seist nicht eingeladen."

„Zur Hochzeit, meine Liebe", knurrt er. „Von Polterabend war nicht die Rede."

„Wo und wann?"

„Übernächster Samstag in unsrem schmucken Heimatstädtchen im Schinderhannesturm."

„Schinderhannesturm?"

Lutz zeigt Loretta das Wikipedia-Bild des Turms und sagt: „Mein spießiger Bruder meint, mit dieser Location seine Biedermann-Fassade aufmöbeln zu können. In Sachen krimineller Energie und Gerissenheit steht er mit seinen Bankgeschäften übrigens dem Hunsrückgauner in nichts nach."

Dem Fragezeichen in ihrem Gesicht begegnet er mit Hinweisen auf die (legendenumwobene) Biografie des Schinderhannes.

„Kostet richtig Knete, den Turm zu mieten. Na ja, Vater blecht. Obwohl ihm die Location stinkt."

„Was hast du vor, Lutz?"

„Ich werde die Braut entführen. Nach allem, was man weiß, ist das Julchen dem Schinderhannes zunächst auch nicht gerade freiwillig gefolgt", sagt er augenzwinkernd.

© N. Thinnes

Das erste gemeinsame Foto

Wann also beginnen? Oder, einfacher gefragt: wo, solange Justus weiterhin sturköpfig schweigt? Immer dasselbe Spiel, wenn man nicht nach seiner Pfeife tanzt.

Aus heiterem Himmel fällt mir der gepflasterte Vorplatz zum Schinderhannesturm ein. Dorthin hatten wir uns verabredet. Wie kam es dazu? In der analogen Wirklichkeit waren wir uns noch nie begegnet. Ein Kommilitone aus Simmern hatte Justus erzählt, der Räuberhauptmann Johannes Bückler, genannt der Schinderhannes, habe es 1799 nach halbjähriger Haft geschafft, auszubrechen und zu entkommen.

„Reizvolle Kulisse für ein erstes Treffen, oder?"

Auf seine schräge Chat-Frage wusste ich keine Antwort.

Heute sage ich mir: Justus' bescheuerte Idee hätte ich mal besser ernst genommen. Wäre uns dann so manches erspart geblieben? Vielleicht.

Ich blättere im Foto-Album. Unser erstes gemeinsames Foto: eine Stellwand mit den Figuren des legendären Hunsrück-Ganoven und seiner Braut Julchen: Justus und ich stecken die Köpfe in die zum Fotografieren vorgesehenen Löcher. Darüber die Attrappe einer Gouillotine.

Ich reiße unser Auftaktfoto aus dem Album und zerreiße es in Stücke. Doch statt die Schnipsel zu verbrennen oder sonstwie zu entsorgen, versorge ich sie in meiner Schreibtischschublade. ...

„Erinnerst du dich an unser erstes gemeinsames Foto?"

Justus schaut mich lange an, bricht dann aber sein Schweigen: „Die alberne Nummer im ... wie hieß der noch ... Schinder ..., weiß der Teufel was ... Turm, Lotte?"

„Damals fandest du das lustig, Justus."

„Ja, damals vielleicht. Kinderkram."

„So schaust du auf unseren Anfang zurück!", sage ich kopfschüttelnd.

„Wenn ich mich recht erinnere, hat man den Kerl wenige Jahre nach der Flucht einen Kopf kürzer gemacht, oder? Was ist aus seiner Braut geworden? Die erwartete doch ein Kind?"

„Lenk bitte nicht ab, Justus!"

„Tue ich das?"

Statt auf seine ironische Frage zu antworten, sage ich: „Vor kurzem bin ich noch mal vor Ort gewesen."

Sentimentaler Quatsch!, signalisiert mir seine gerunzelte Stirn.

„Habe mich im Turm umgeschaut und … erinnert", fahre ich unbeirrt fort. „Unsere ersten gemeinsamen Schritte."

„Ja und?"

„Heulen könnte ich."

„So, so."

„Was, Justus, was ist uns abhanden gekommen?"

In das bedrückende Schweigen hinein fragt er unvermittelt: „Gibt es das Foto noch?"

Er kratzt sich am Hinterkopf.

Mit seiner Reaktion habe ich nicht gerechnet.

„Hab's unlängst zerrissen", stammle ich.

Justus seufzt, sagt aber nichts. Mit beiden Händen umschließt er sein Gesicht und bettet sein Kinn in die Handballen, die Ellbogen aufgestützt.

„Aber wir könnten die zerfetzten Puzzleteile … gemeinsam zusammensetzen."

Seine buschigen Brauen schießen in die Stirn. „Gut, machen wir", sagt er zu meiner erneuten Überraschung … und Freude. Nach kurzer Überlegung fügt er aber resignativ hinzu: „Doch was sollte das bringen?"

Trotz seiner ernüchternden Bemerkung entschlüpft meiner Zunge eine Antwort: „Keine Ahnung. Zurück auf Null, vielleicht."

Müde nickt er.

Nicht so einfach, das Puzzlebild zu rekonstruieren. Meine wütende Attacke hat das eine oder andere Teil unkenntlich gemacht. Wir geben uns Mühe. Da gelingt uns etwas, was wir lange Zeit nicht hinbekommen haben: etwas gemeinsam wiederherstellen. Nicht mit Stolz (ich will nicht überteiben), aber mit einer gewissen Befriedigung blicken wir auf das rekonstruierte Bild: Wegen seiner Macken wirkt es tatsächlich echt, echter als das Original jedenfalls. Wir schauen uns an und schmunzeln. Unsere Falten und Fältchen, sie sind den Jahren geschuldet. Endlich nehmen wir sie gemeinsam wahr und stehen zu ihnen, stehen zu unserer gemeinsamen Geschichte.

„Lass uns nach Simmern fahren", schlägt Justus vor und befragt Google: „Samstagnachmittags ist der Schinderhannesturm geöffnet", sagt er.

Die Auskunft hätte auch ich ihm geben können (hätte er mich danach gefragt).

Gut, dass ich den Gedanken nicht ausgesprochen habe. Er hätte die Freude auf den gemeinsamen Besuch des Schinderhannesturms getrübt.

Es gibt Momente im Leben, da verrutscht einem blitzartig das Koordinatensystem und man bewertet die Dinge völlig anders. Was bisher gut und richtig war, ist nun falsch (und umgekehrt). Man gesteht sich endlich ein: Es gibt nun mal kein richtiges Leben im falschen: eine geradezu befreiende Erfahrung. Weil man zu sich (zurück?) gefunden hat.

Die Bildwand mit der Guillotinen-Attrappe gibt es immer noch. Wie viele Köpfe haben sich bislang in die von Schinderhannes und Julchen verirrt?

Wir tun es noch einmal.

Ein freundlicher Simmeraner tippt auf den Auslöser meiner Smartphone-Kamera.

„Unser erstes g e m e i n s a m e s Foto", frohlockt Justus.

„Paar-Selfies sind heutzutage angesagt", sage ich schmunzelnd und schicke das Foto via Messenger ab. „Überraschung für Lena und Jens."

„Gab es vor neunzehn Jahren noch nicht", sagt Justus versonnen.

Meint er die Kinder?, frage ich mich.

Robin Bückler

Robin Bückler ist ein junger Mann von hagerer Gestalt. Sein dunkelhäutiges Gesicht verrät starke Charaktereigenschaften: Das markante Kinn spricht von Mut, Entschlossenheit und Durchsetzungsvermögen, die hohe Stirn, umrahmt von rostrot gefärbtem Kurzhaar, von Intelligenz; die kohleschwarzen Augen signalisieren Härte und Undurchschaubarkeit.

Am Vormittag sucht er (wie üblich gegen elf Uhr) das *Arthouse*-Café auf, um einen Cappuccino zu trinken. Nur an einem Tisch ist noch ein Platz frei. Ein Mann mit graumeliertem Haar sitzt, die Zeitung lesend, an dem Tisch und signalisiert ihm wie beiläufig, er möge sich zu ihm gesellen. Bückler setzt sich ihm gegenüber. Asiyes einnehmende dunkle Kulleraugen fragen von der Theke her: Wie immer? Robin nickt. Als sie den Kaffee serviert, löst sich der Blick des Fremden für einen Moment von der Lektüre.

Nach einigen Minuten legt der Mann die Zeitung nieder, schaut Bückler aufmerksam an und fragt ihn: „Kennen Sie die Neuigkeiten aus unsrem Städtchen?"

„Nein", antwortet Bückler, „welche meinen Sie?"

„Nun", hebt er an, „Sie wissen, wer Edgar Reitz ist, der Regisseur des Hunsrück- und Weltepos *Heimat*?"

„Jeder Hunsrücker kennt ihn", antwortet Bückler.

„Nun, jemand aus Simmern plant im Fahrwasser von Edgar Reitz die Geschichte des Schinderhannes neu zu verfilmen. Statt Curd Jürgens und Maria Schell jetzt Johann von Bülow und Meret Becker. Doch auch diese Schauspieler sind eigentlich zu alt für die Protagonisten. Finden Sie nicht?"

„Da fragen Sie den Falschen", antwortet Bückler. „Haben Sie davon soeben in der *Hunsrück-Zeitung* gelesen?"

„Kommen Sie gerne heute Abend um neunzehn Uhr in den Schinderhannesturm (übrigens ein prominenter Handlungsort des geplanten Films)", sagt der Mann schmunzelnd. „Dort werde ich einen Vortrag zu dem Projekt halten."

Mit diesen Worten verabschiedet er sich, nimmt seine Zeitung und geht. Vor dem Ausgang dreht er sich noch einmal um und schaut zu Robin Bückler hin. Kurz entschlossen geht er zurück und fragt: „Haben Sie eine Freundin?"

Trotz der Indiskretion des Fremden nickt Robin Bückler.

„Wie heißt sie?"

„Marie."

„Ist sie das?"

Der Fremde zückt sein Smartphone, wischt über das Display und zeigt ein Foto her.

„Nein, das ist meine Schwester Jule."

Für einen Augenblick legt sich die Stirn des Fremden in Falten. Dann sagt er: „Wäre schön, wenn auch Jule zum Schinderhannesturm mitkäme."

Wie er ihren Namen ausspricht! Als kenne er sie näher.

Asiye hat, unentwegt ein Teeglas mit einem Spültuch auswischend, mit halboffenem Mund die Szene beobachtet. Sie hängt sich nun das Tuch über die Schulter und tischt Robin, nachdem der Fremde gegangen ist, einen zweiten Cappuccino auf.

„Geht auf meine Rechnung", sagt sie, hintersinnig lächelnd.

Da fällt bei Robin Bückler der Groschen. Gleichwohl verweilt er noch eine Weile, in Gedanken versunken, an dem Tisch. Immer wieder geht es ihm durch den Sinn: der Zeitungsleser und seine Auskunft sowie Asiyes Reaktion also kein Zufall? Er ist gespannt auf die Zusammenkunft am Abend. Und ist sich nahezu sicher, dass auch Asiye dabei sein wird. Schließlich ist sie eigentlich im Filmgeschäft unterwegs. Zieht sie die Strippen? Hält sie die Fäden in der Hand? Der scheinbar flüchtige Blickkontakt mit dem Fremden, als sie den Kaffee auftischte, ist ihm nicht entgangen. Als er den Kopf hebt und zur Theke schaut, muss er feststellen, dass sie weg ist. Der freundliche junge Mann mit dem schwarzen Lockenkopf zuckt mit den Achseln.

Bin gespannt, geht es Robin durch den Kopf, was Jule sagen wird. Was weiß sie? Was hat sie ihm verheimlicht? Wie ist der Fremde zu ihrem Foto gekommen? Fragen türmen sich auf.

Er versucht sie telefonisch zu erreichen.

„Jule Bückler. Zur Zeit beschäftigt. Rufe zurück."

Er schickt ihr eine SMS: „Bin in einer Stunde bei dir."

„Nicht nur dein Name, also dein Vor- und dein Nachname empfehlen dich für die Hauptrolle, Robin", säuselt Jule.

„Wie kommst du denn darauf?"

„Ich kenne dich, mein Lieber. Du bist ein Jagdhund, den man zum Jagen tragen muss."

„Abgekartetes Spiel also", sagt er, leicht verschnupft. „Und Asiye steckt dahinter."

„Steckt dahinter!", echot Jule, als sei sie verschnupft. „Asiye hat einen professionellen Blick. Und sie ist sich sicher."

„Wer ist der Graumelierte?"

„Ihr Spürhund. Der will frisches Blut."

„Und wir beide sind quasi Vorzeigemigranten in *Ein Fall für zwei*, die Neuauflage."

„Könnte man so sagen, Robin", gibt Jule nach kurzem Zögern zu.

Robin tigert nachdenklich hin und her. Dann bleibt er abrupt vor seiner Schwester stehen. „Nun gut", sagt er. „Versuchen wir es. Ich brauche Geld fürs Studium. Es gibt schlechtere Jobs."

„Und", sagt Jule lächelnd, „als *Menschenfresser* warst du umwerfend."

„Du hast", stottert ihr Bruder, „du hast unsere Theater-AG-Inszenierung ..."

„... nutzbringend als Eigenwerbung eingesetzt", räumt sie unverhohlen ein. ...

„Zugegeben", räumt Spürhund Jakob Ofenloch [1] am Ende seines Vortrags im Museumsraum des Schinderhannesturms ein. „Zugegeben, ein filmästhetisches und vor allem auch ein politisch gewagtes Experiment: dunkelhäutige Laienschauspieler als Protagonisten einer Neuinszenierung."

Sein Blick geht über die etwa zwanzig Zuhörer, die aufmunternd die Bückler-Geschwister anschauen, die sich zuvor kurz vorgestellt haben.

„Ein unhistorisches Spiel mit Klischees und Vorurteilen? Spielt der Regisseur dem heutigen Zeitgeist in die Karten?", meldet sich ein Zuhörer zu Wort. „Helmut Käutner hat das in den Fünfzigern mit seinem kitschigen Schinken gemacht, allerdings am anderen Ende des politischen Spektrums."

„Ein gravierender Unterschied", entgegnet Robin Bückler entschieden: „Der Film spielt nicht auf der Klaviatur des Zeitgeistes. Differenzierung statt Affirmation. Nur deshalb spielen wir mit. Unsere Figuren Schinderhannes und Julchen sind sowohl Getriebene als auch Antreiber des Geschehens. Opfer und Täter gleichermaßen. Lassen Sie sich überraschen."

Schwester Jule nickt und sagt: „Das prickelnde Gefühl, zugleich Akteur und passiv zu sein, das reizt mich. "

Nach einem Moment des Innehaltens kommt Beifall auf. Auch der Bedenkenträger nickt.

„Ein Gedanke noch", legt Robin Bückler grinsend nach. „Wir zwei Dunkelhäutige stellen doch tatsächlich blassgesichtige Hunsrückganoven dar. Das dürfte nicht allen gefallen."

„Aufreizend die Vorstellung, nicht wahr?", fügt Jule hinzu.

[1] So nannte sich der Schinderhannes, wenn er rechts des Rheins als vermeintlich friedfertiger Krämer hausierte.

Die Generalprobe

Die Schauspieler stecken noch in ihren Alltagsklamotten. Nur Robin und Jule, die Hauptdarsteller, in Deutschland geborene Kinder nigerianischer Eltern (Ärzte im hiesigen Krankenhaus), könnten die Figuren selber sein, die sie spielen, wie mir scheint. Aufgekratzt und heiter freuen sie sich auf die Generalprobe. Ihre Mitstreiter sind vergleichsweise unsicher.

Auf der Bühne haben wir das Zugabteil aufgebaut, ein Eisenbahncoupé erster Klasse im Zug nach Klagenfurt in Kärnten, einziger Handlungsort der *Komödie* des österreichischen Autors Wolfgang Bauer aus dem Jahr neunzehnhundertzweiundsechzig mit dem Titel *Die Menschenfresser*. Aller postkolonialen Ideologie und allem Wokeness-Gedöns zum Trotz haben wir uns in der Theater-AG für Bauers Farce entschieden. Weil Humor, selbst schwarzer Humor besser ist als Rechthabenwollen, weil Lachen befreit.

Jule spielt die Frau, die beim Aufgehen des Vorhanges im Coupé sitzt, „eine hübsche Dame, braune Hautfarbe, elegantes Kostüm, lesend", wie es in der Regieanweisung heißt. Robin ist ihr Mann, „ein elegant weiß gekleideter Schwarzer". Wie in Max Frischs allseits bekanntem Theaterstück spielen beide die Brandstifter, die aus ihren Absichten als Kannibalen, mit Gabeln, Messern, Bumerangs und Hellebarde ausstaffiert, kein Hehl machen. Doch die Mitreisenden und der Schaffner wollen partout die Signale nicht verstehen. Letzterer bemüht launig den Running Gag „Fremde Länder, fremde Sitten!" Als der Fahrgast „Essmann", der als „Schwarzfahrer" enttarnt wird, den dunkelhäutigen Sohn der beiden Schwarzen (angeblich auf dem Weg zur UN-Abrüstungskonferenz nach Genf) einen „kannibalischen Grünschnabel" schimpft, wird er von Vater Robin belehrt: „Der hat schon vierhundertachtundneunzig Menschen gegessen."

[Tatsächlich haben der Autor der *Generalprobe* als Lehrer und Theater-AG-Leiter und seine Schüler Anfang der Achtziger die *Menschenfresser* einstudiert und mit beachtlicher Publikumsakzeptanz mehrfach an verschiedenen Gymnasien aufgeführt. Wie wäre das heute?]

Geschwätzigkeit

Wie oberschlau sie doch sind. Er wittert, dass sie so etwas denkt, und bringt sich im Turm in Stellung. „Ich muss etwas loswerden, Corinna", hebt er an. „Jetzt, da ich gerade die richtige Menge Rotwein intus habe, riskiere ich es."

„Nur zu", sagt sie und gabelt sich Käseleckereien auf ihren Teller.

Max und Corinna sind alleine im dritten Stock des Schinderhannesturms, dem Ausstellungsraum, wo Beate zur Feier ihres vierzigsten Geburtstags ein üppiges Büfett hat auftischen lassen. Wortfetzen schwappen aus dem zweiten Stock herauf: Es habockt, künert, bartscht und scholzt.

Aus den Augenwinkeln fixiert Corinna ihn, da er zögert. Ist sein Mut nur ein Mütchen? Jedenfalls sucht sein Blick durch den Flur Beates Blick; er fängt ihn auf, als seine Schwester sich noch einmal umdreht, bevor sie die Holztreppe nach unten geht. Sie weiß, dass ihr Bruder sie sucht, wenn er unsicher ist. Aufmunternd lächelt sie ihm zu. Anscheinend ahnt sie, was er ihrer Chefin (Corinna Schmidt) sagen möchte. Seit er geschieden ist, und das ist schon zwei Jahre her, kümmert er sich ausschließlich um Sohn und Beruf. Vor einigen Tagen hat er Corinna beim Geburtstagskaffee kennengelernt. Sie scheint ihm zu gefallen. Aber er hat es anscheinend verlernt, sich einer Fremden gegenüber zu öffnen. Und am heutigen Abend hat Beate die beiden zur eigentlichen Feier eingeladen, zusammen mit Leuten aus ihrer Abiclique, allesamt Lehrer.

„Warum ausgerechnet in den Schinderhannesturm, Max?", fragt Corinna in sein Schweigen hinein.

„Sie wollte uns, ihren Gästen, zum runden Geburtstag etwas Besonderes bieten. Aber auch um zu verhindern, was gerade hier abgeht", sagt er.

„Ersteres ist ihr gelungen. Aber letzteres?"

„Ich habe Sie beobachtet, Corinna", nimmt er dankbar ihren Ball auf, während er seinen Teller immer noch unschlüssig in der freien Hand hält. „Das pseudointellektuelle Geschwafel geht Ihnen auch auf den Geist, oder?"

Corinna durchschaut sein Manöver. Er will ihre Aufmerksamkeit auf sich ziehen und setzt sein eigenes Unwohlsein als taktische Finesse ein. Ähnlich wie sie hat er sich aus dem Tischgeplänkel selbstgefälliger Studienräte herausgehalten, es mit ironischem Grinsen an sich abperlen lassen.

„Oberlehrerhafte Besserwisserei aus der behaglichen linksgrünen Sofaecke", seufzt sie. „Wer erträgt so was?"

Max' Gesicht strahlt. Beherzt schneidet er sich ein deftiges Stück vom Rollbraten und grummelt: „Jetzt erst recht!"

Die letzten Tiraden am Tisch hatten vegane Ernährung idealisiert. Als Arzt setzt er hingegen auf ausgewogene Ernährung, was er aber für sich behalten hat. Die Rollbraten-Revolte wird er sogleich zelebrieren. Auf den pikierten Blick der bleichgesichtigen Bohnenstange Margot, die ihm gegenüber sitzt, freut er sich jetzt schon. Den Duft des Bratens wird er der abgemagerten Lateinlehrerin zuwedeln und so deren billigem Parfüm Paroli bieten.

Corinna schaut ihm schmunzelnd zu. „Doktor Reichow proviziert gern nichtsprachlich", sagt sie.

© N. Thinnes

„Sie haben mich durchschaut", sagt er, nun befreit lachend. „Auf ins Gefecht, Corinna!"

Seine Verstimmtheit ist in gute Laune umgeschlagen, als er vor ihr die Treppe hinunter steigt.

„Nicht, dass Sie aus heiterem Himmel auch noch redselig werden, Max", flüstert sie ihm verstohlen zu, bevor sie ihm schräg gegenüber am Kopfende des Tischs (im zweiten Stock) Platz nimmt.

Margot rümpft die Nase. Max kaut genüsslich sein Bratenstück und prostet Margot und (augenzwinkernd) Corinna zu.

„Kein gutes Vorbild, Doktor!", mäkelt Margot, Grimasse schneidend und den Kopf gereckt, so dass die vorgealterte Haut ihres Schwanenhalses schmählich bloßgelegt wird.

„Ach Gott, Margot", sagt er. „Vorbilder müsst Ihr Pädagogen sein. Nicht mein Ding."

Ihr Blick schnellt erbost Richtung Corinna, die Max zunickt.

„So kriegen wir das mit der Klimawende nie gebacken", knurrt sein Nachbar Paul, Erdkunde und Sport. Unruhig springen seine grauen Kulleraugen im gegerbten Ledergesicht, das dem Schinderhannes-Konterfei an der Gewölbewand nach Max' Eindruck entfernt ähnelt, hin und her und bleibt auf dem Rollbraten kleben.

Max schiebt sich achselzuckend den letzten Brocken in den Mund und steht auf, um sich oben im Ausstellungsraum einen Nachschlag zu gönnen.

Kaum zurück, muss er sich anhören, wie Pauls sanftgesichtige Frau Manuela, die Max in mehrfacher Hinsicht an eine Spitzenpolitikerin der Grünen erinnert, das Thema der „vergeigten Europawahl" traktiert: „Wie kann man nur den Rechten von AFD und Sarah Wagenknecht derart auf den Leim gehen!", empört sie sich und findet breite Zustimmung.

„Habe ich auch gewählt", provoziert Max mit breitem Grinsen.

Augenblicks lassen alle das Besteck fallen und von jetzt auf gleich ist es mucksmäuschenstill am Tisch.

„Nicht dein Ernst", stammelt seine Schwester Beate.

Max beobachtet aus den Augenwinkeln, dass auch Corinnas Brauen in die gekräuselte Stirn schießen. Dennoch verschiebt er seinen Klarstellungsimpuls um einige Sekunden, genießt den

Überrumpelungsmoment. Dann klärt er trocken auf: „Rechts habe ich gewählt, also konservativ, also CDU."

Einige Gesichter entspannen sich, andere keineswegs.

„Da bin ich politisch nahe bei vielen eurer Schüler", sagt er. „Zig Sechzehn- und Siebzehnjährige haben euch unerwartet im Regen stehen lassen. Das tut weh, oder?"

„Nicht unsere Schüler:innen!", begehrt Manuela auf.

„Woher weißt du das", fährt ihr Paul in die Parade. „Vielleicht war dein Sozialkundeunterricht nicht so effektiv wie deine vorbildliche Hickserei, meine Liebe."

Ihr Gesicht läuft rot an und blitzeschleudernd herrscht sie ihn an: „Degoutant!"

„Im Sport haben die Schüler jedenfalls den einen oder anderen rechtsradikalen Spruch rausgehauen", sagt er, als sympathisiere er mit den Provokateuren.

„Und das hast du ihnen durchgehen lassen?"

„Ich leg nicht jedes Wort auf die Goldwaage wie Ihr Deutschlehrer. Die Kids wollen provozieren. Und sie wissen wie."

„So kriegen wir das nie gebacken", fährt ihn Lutz, Deutschkollege und Ex seiner Frau, mit stechendem Blick an und sich mit der Linken durch angegraute Schläfen. Vormals sei sie tatsächlich ansehnlicher gewesen, lässt Beate Max beiläufig wissen.

Lutz aktuelle Lebensgefährtin Emma, anders als Manuelas zerfließende Fülle knabenhaft knochig, flackernde braune Augen, Kurzhaarschnitt, ebenfalls Sport, obendrein Englisch, sitzt seit Minuten auf heißen Kohlen. Hochmütig hat sie den rot lackierten Mund verzogen und gibt nun mit sächselndem Tonfall ihren Senf zum Besten: „Wagenknechts Friedensattitude finde ich lobenswert."

Lutz verkrümelt sich hinter einer gelassenen Miene.

Manuela bellt: „Du hast allen Ernstes diese vaterlandslose Putinversteherin gewählt, Emma?"

Ihre Mundwinkel zucken und auch ihre fleischigen Nasenflügel. „Na und?"

„Du enttäuschst mich!"

Schweißperlen rinnen aus der roten Frontspoilerfrisur auf ihre fliehende Stirn. Sie schnauft. Ihre Brust hebt und senkt sich hektisch, während sie die Gesichter in der Tischrunde befragt und in ihnen zu lesen scheint, man sei ihrer Meinung. Jedenfalls beruhigt sie sich.

„Wer mit sechzehn wählen darf", gießt ihr Gatte Paul Öl ins Feuer, „der muss auch mit achtzehn den Pistorius-Wisch ausfüllen und wenn nötig zum Bund gehen, und zwar beide, Jungs und Mädchen. So viel Gleichberechtigung muss sein."

Denen geht's nicht um Politik, wundert sich Corinna, da knirscht's mächtig im Ehegebälk. Ein komplizenhafter Blickaustausch mit Max signalisiert ihr, dass er ähnlich denkt.

„Dienstpflicht", schnauzt Manuela ihn an. „Bist du meschugge!"

„Wenn Putin vor Berlin steht", bläst Lutz in Pauls Horn, „dann hat sich dein betulicher Einwand erübrigt."

„Üble Schwarzmalerei und Panikmache", springt Margot Manuela bei. „Ihr verschluckt euch noch am Meinungsbrei der Lügenpresse."

Einige am Tisch halten die Luft an.

„Moment mal", grätscht Max dazwischen. „Die Vokabel kommt Höcke flink über die Zunge. Kollege von euch übrigens."

Margots Mund und Augen verengen sich zu Schlitzen. Sie verzieht sich in den dritten Stock zur Toilette.

„Welche Abgründe tun sich denn hier gerade auf?", entfährt es Beate kopfschüttelnd.

„In eurem Beruf gibt's genug Rechte, wie man hört", geifert Manuela, die Gastgeberin mit stechendem Blick festnagelnd.

Corinna muss an sich halten, der giftigen Lehrerin nicht den Marsch zu blasen.

Max wirft seiner heimlichen Flamme einen beruhigenden Blick zu und fordert mit fester Stimme: „Unsere Polizei verdient Respekt und Anerkennung. Gerade hat Mannheim gezeigt, wie wichtig das ist. Ihr Lehrer solltet das wissen! Vorbild und so. Institutionenbashing ist verdammt dumm."

Mit solchen Vorwürfen macht man sich keine Freunde, das weiß er. Vor allem nicht bei Lehrern, deren Bewertungsstrom nur in eine Richtung fließt. Doch es ist ihm schnuppe. Corinnas glänzende Augen tun ihm gut.

Margot, zurück vom Toilettengang, bemüht sich um Schadensbegrenzung. Sie setzt auf Themenwechsel. Als stünde sie vor ihrer Klasse. Fußball scheint ihr aktuell angesagt, obwohl sie davon keinen Schimmer hat.

„Apropos Weltmeisterschaft. Meine Schüler:innen haben mich gefragt, welche Chancen ich unsrer Nationalmannschaft gebe. Ich sehe sie im Endspiel."

„Margot, da liegst du falsch. Die Europameisterschaft steht vor der Tür", korrigiert Lutz. „Deine Schüler wissen das."

„Ach so", sagt sie, „jedenfalls ..."

„Jedenfalls solltest du uns mal erklären, wieso du den Höcke-Sprech nachäffst", lässt Paul sie nicht von der Angel.

Statt einer Antwort mimt sie die Beleidigte und verschanzt sich hinter verschränkten Armen.

„Keine Antwort ist auch eine Antwort", wird sie von Paul zurechtgewiesen.

„Nun lass die Margot doch mal in Ruhe", mäkelt seine Frau, mit einem Schluckauf kämpfend. „Gestern Abend, hick", schlägt sie dann penetrant schon wieder ein politisches Thema an, „hat die schräge Weidel, hick, doch tatsächlich im Interview des ZDF darauf bestanden, dass die Amis in der Ukraine einen Stellvertreterkrieg führten. Unfassbar, wie sie die Realität verleugnet, oder?"

Da eine Antwort ausbleibt, knurrt sie: „Die sollte man unten im Turmverlies mal für ein paar Tage einbunkern, damit sie zur Vernunft kommt."

„Ein Hoch auf den Rechtsstaat", prostet Max ihr kopfschüttelnd zu.

„Leute!", seufzt Felix, blondgelockter Schöngeist und ambitionierter Musiklehrer, der bislang versonnen geschwiegen hat. „Kommt am Wochenende doch bitte alle zu unserem Schulkonzert! Es gibt Robert Schuhmann, Musicalszenen aus *Ein Käfig voller Narren*, aber auch einen Potpourri der Nationalhymnen aller Teilnehmer an der EM. Freitag siebzehn Uhr dreißig geht's schon los. Damit keiner Deutschland gegen Schottland um einundzwanzig Uhr verpasst."

Wie er sich diesen Hinweis abquält. Voller Mitgefühl schaut Max zu ihm hin. Kann sich dann aber einen Gedanken nicht verkneifen: „Ich werde unserem Stadtbürgermeister einen Vorschlag machen."

Alle Augen richten sich auf Max.

„Solange unsere Mannschaft im Turnier ist, also bis ins Endspiel, das wir gegen Frankreich gewinnen werden, wird die Kuppel des Schinderhannesturms (sein linker Zeigefinger schießt nach oben) in die deutsche Flagge gehüllt."

Den ironischen Begleitton seines Vorschlags aufgreifend, setzt Lutz noch einen drauf: „Warum nicht die Christo-Performance in Gänze?"

„Du meinst", ereifert sich Paul, „Einkleidung des gesamten Turms!"

Margot räuspert sich vernehmlich, um von dem Geplänkel, das sie zu nerven scheint, abzulenken und ihren erneuten Themenschwenk einzuleiten: „Ich werde dabei sein", verspricht sie dem Kollegen Felix, den sie ansonsten eher links liegen lässt, mit dankbarem Blick.

Max lächelt, verständigt sich dennoch flugs mit Beate und Corinna und sagt ebenfalls zu. Ohne es an- oder auszusprechen, haben alle sich von jetzt auf gleich insgeheim geeinigt, den Geburtstagsabend Beates entspannt, weil politikfrei ausklingen zu lassen. Ihre Antennen für Stimmungen scheinen doch noch einigermaßen zu funktionieren. Man will sich ja schließlich wiedersehen.

Beim späten Aufbruch aus dem Schinderhannesturm fasst sich Max ein Herz und lädt Corinna für Mittwoch, den neunzehnten Juni zu sich nach Hause ein.

„Deutschland gegen Ungarn. Fußball verbindet, anders als Politik", sagt er und schaut auf die angestrahlte Turmspitze.

Corinna sagt zu und meint: „Ich will deinen Sohn kennenlernen. Auch da kann Fußballgucken helfen, oder?"

Max ist baff. Freudestrahlend drückt er ihr einen Kuss auf die Wange.

„Übrigens", murmelt er, verschmitzt lächelnd, „am Wahltag wurde Joshua sechzehn. Er hat Grün gewählt. Hätte ich Grün gewählt, hätte er … ?"

„ … bei der CDU sein Kreuz gemacht", ergänzt Corinna schmunzelnd.

Geteilte(s) Laster

Eine ältere Person, die raucht. Wirkt sie nicht leicht derangiert? Wie dem auch sei, er mag es, ein Laster zu teilen: Sich gemeinsam einer unguten Gewohnheit hinzugeben verbindet. Wobei Hingabe kein Wort ist, das ihm anfangs zu Johanna eingefallen wäre. Hin und wieder traf er sich gerne mit ihr, zu einem Glas Rotwein oder Sekt (ja auch zwei, drei), in seiner Lieblingskneipe, die nach und nach auch die ihre wurde.

Heute lieber in der warmen Jahreszeit: Beide sind älter geworden. Auch Tom, der Barkeeper, der ihnen gerade Kaffee aufgetischt hat. Auf der Terrasse darf man noch rauchen. Dabei raucht er gar nicht mehr. Johanna schon. Vor allem, wenn er ihr seine Geschichten erzählt und vorliest. Sie war und ist eine kluge Zuhörerin. ...

Er schiebt den gläsernen Aschenbecher in Johannas Richtung. Wie so oft wundert er sich: Eigentlich mag er es nicht, wenn sie raucht. Dennoch sieht er ihr gerne dabei zu und genießt den Mentholgeruch. Immerhin achtet sie darauf, dass der Rauch nicht in seine Richtung treibt.

„Du siehst müde aus, Johanna. Schlecht geschlafen oder ...“

Seine fragend nach oben gezogenen Brauen beenden den Satz.

„Höre ich da einen Vorwurf?“, antwortet sie und drückt, begleitet von einer Hustenattacke, resolut ihre Eve im Aschenbecher aus.

Er zückt sein Smartphone und liest ihr vor: „Warum gerade jetzt, warum nicht schon früher?“

„Ich kenne meine Worte“, sagt sie pikiert.

„Du weißt, was ich meine“, insistiert er, lehnt sich zurück, die Arme verschränkt.

Die Lesung wird unterbrochen. Das Mikrofon streikt. Der Blick des Vorlesers sucht den Buchhändler, der in den Schinderhannesturm eingeladen hat.

„Fünfzehn Minuten Pause“, ruft Karl Werner nach Absprache mit dem Autor ins Publikum. „Etwas früher als geplant. Im Ausstellungsraum gibt's Sekt und Brezeln.“ Er zeigt mit dem Daumen nach oben.

© N. Thinnes

Ins Stühlerücken hinein fügt er schmunzelnd hinzu: „Der Schinderhannes und Julchen warten auf euch." ...

Das Ausstellungsgewölbe füllt sich, ein mundartgespickter Geräuschteppich breitet sich aus.

„Aarisch muffisch loo ... En Schinnooz, dat Johanna. ... Uus Nooberrsch is genau soen Weibsmensch, will padu it Saan honn. ... Awa de Mann git nit noo ... Do hinne honse en Pupp vun dem Schinnahannes steen. ... Isch dät saan, die zwo vertraan sich wiere ... Isch wa noch nii hi in dem Turm ..."

„Na ja, nach Doktor Werners Ankündigung hätte ich schon erwartet, dass ein adrettes Pärchen in historischer Aufmachung uns hier bedient", sagt Emilie zu ihrem Freund und zeigt auf die lebensgroßen Figuren Hannes und Julchen, die man in einer Ecke des Turm-Obergeschosses platziert hat.

„Dir ist der Schalk in Werners Gesicht entgangen", sagt Lars lachend und reicht ihr ein Sektglas her. „Ich kenne ihn."

„Mag sein" sagt sie und prostet ihm zu. „Nun denn. Zum ‚geteilten Laster'. Da ist Dampf im Kessel."

„Diese Johanna fragt den Mann doch per SMS, warum er ihr ‚gerade jetzt' den Laufpass gegeben habe, oder?", nimmt er Emilies Faden auf. „‚Warum nicht schon früher?' Hat sie also damit gerechnet?"

„Das hieße ja, dass er ihr zuvor per SMS die Freundschaft oder was auch immer aufgekündigt hat."

„Eine Möglichkeit", sinniert Lars.

„Wenn ich mich mal kurz einschalten dürfte", sagt eine dunkelgelockte junge Frau ähnlichen Alters, hübsches Gesicht, hohe Wangenknochen, blaue Kulleraugen. „Entschuldigung, dasss ich Ihnen zugehört habe. Melissa heiße ich."

„Bitte", sagen beide einmütig. „Lars und Emilie."

Die Hände reicht man sich nicht. Nachwehen von Corona?

„Vielleicht hat er endlich eine Entscheidung getroffen: berufliche Veränderung, Scheidung, Parteibeitritt, was auch immer."

„Mhm", sagt Lars und mustert die Fremde. „Jedenfalls herrscht Spannung zwischen den beiden." Er macht eine Pause, um dann hinzuzufügen: „Seine besorgte Frage zu Beginn des Gesprächs, für sie ein Vorwurf."

„Sofort nimmt sie eine Verteidigungshaltung ein", sagt Melissa.

„Reden die aneinander vorbei? Haben die (noch) ein gemeinsames Ziel? Welche gemeinsame Vergangenheit haben sie?", fragt Emelie. Sie ist etwas vom Stehtisch abgerückt. „Sie scheinen sich schon länger zu kennen. Vielleicht haben sie gar mal zusammengelebt, oder?"

„Was verbindet die beiden noch, außer dem ‚geteilten Laster'?", fragt Melissa.

„Das ja nicht mal mehr ein geteiltes ist", antwortet Lars. ...

Als Emilie von der Toilette zurückkommt, bittet eine Klingel (wie im Theater), sich wieder im Auditorium einzufinden.

Der Autor schaut, verschmitzt lächelnd, in die Runde.

Statt einer Antwort zündet Johanna sich eine weitere Zigarette an, inhaliert tief, streicht sich eine Strähne hinters Ohr und verschränkt die Arme.

Er streicht sich über seine Glatze. Dann sagt er: „Kris Kristofferson ist am Samstag verstorben, achtundachtzigjährig. Mein Lieblingssänger, wie du weißt. Help me make it through the night. Du erinnerst dich?"

Johannas Nase kräuselt sich, fahrig greift sie zum Zigarettenetui, lässt es dann aber sein.

„Singen konnte er nicht", giftet sie.

„Das aber konnte er sehr gut", entgegnet er.

„Über drei Akkorde ist er mit seinem Bariton nie hinausgekommen. Und an der Gitarre hat er sich mehr festgehalten als sie bespielt."

Sie blickt ihn an, als meine sie ihn.

Er zuckt mit den Achseln. Seit der Irritation vor ein paar Monaten weiß er manchmal nicht, was sie oder er selbst meinen oder wollen mit dem, was sie sagen oder tun beziehungsweise nicht sagen oder nicht tun.

Energisch rückt Johanna den Stuhl zurück und steht auf. „Bin gleich wieder da."

Seine Gedanken schweifen ab. Ihr Naserümpfen, wenn er beim Müll-Sortieren nachlässig war. Natürlich bevorzugte sie Recycling-

Toilettenpapier, „um etwas gegen die Abholzung von Bäumen zu tun"; er hingegen weißes Toilettenpapier, das weicher ist als das graue, das sich nicht mal ordentlich von der Rolle abreißen lässt.

Johanna kommt zurück und verkündet: „Habe nachgedacht." „Auf der Toilette?"

„Deine Unernsthaftigkeit nervt."

„Echt jetzt?", sagt er. „Nein, im Ernst. Lass und Nägel mit Köpfen machen."

„Übernimm dich nicht", sagt sie.

„Unterschätz mich nicht", kontert er, die Augen zusammengekniffen. „Was versprichst du dir davon?"

Mit einer Antwort lässt er sich etwas Zeit. „Auch für mich die Chance zum Neuanfang ... through the night. Yesterday is dead and gone/and tomorrow's out of sight."

„Also lag ich richtig", reiht sie die Wörter bedächtig aneinander. Ihre Hände verkrampfen sich ineinander.

„Ja und nein", sagt er mit gespielter Gleichgültigkeit.

„So genau wollt ich's nun auch nicht wissen", mäkelt sie, die Stirn gerunzelt.

„So viel zum Thema Ernsthaftigkeit", sagt er und greift nach ihrem Etui. „Darf ich?"

Sie macht Augen, nickt aber. „Du meinst es also tatsächlich ernst", sagt sie, weniger distanziert als zuvor und mehr zu sich selbst als zu ihm.

Mit zittrigen Fingern gibt sie ihm Feuer.

Er inhaliert tief und versucht, ein Husten zu unterdrücken. Hastig versenkt er die Eve im Aschenbecher, beugt sich ihr entgegen und fixiert sie. „Du hast es darauf angelegt", sagt er mit einem Unterton, der offenlässt, ob Bedauern, Enttäuschung oder Vorwurf dominieren.

„Lassen wir das Täter-Opfer-Spielchen", sagt sie mit einem Begleitton leichten Bedauerns. „Wir haben's schlicht und ergreifend nicht auf die Strecke gekriegt."

„Als ich noch rauchte", sagt er versonnen, „da sah es ganz anders aus."

„Du hast es eben ja noch mal versucht", seufzt sie und schiebt den gläsernen Aschenbecher zur Seite.

Da taucht Tom auf und serviert drei Gläser Sekt.

Beider Augen blitzen ihn an und wie aus einem Mund ... sagen sie ... nichts.

„Auf euer Wohl", sagt Tom und stößt mit beiden an.

„Weiß er mehr als wir?", fragt Johanna, als Tom mit einem Grinsen im Gesicht abgerückt ist.

„Scheint so", sagt er, legt einen Zwanzig-Euro-Schein auf den Tisch, nickt Tom zu, der sie aus der Ferne beobachtet, und hält Johanna galant ihren blauen Blouson hin.

Nach der Autorenlesung trifft man sich zum Smalltalk auf dem Vorplatz des Turms, über den sich ein mit Gewölk getupfter Abendhimmel aufspannt. Melissa reicht ihm ihr vergoldetes Feuerzeug, damit er ihr die *Eve* anzünde. Er zögert einen Moment, dann gibt er ihr Feuer.

„*Die Reise in ein vergessenes Wir, Das erste gemeinsame Foto* und *Geteilte Laster.* Komplizierte Beziehungen, Machtspielchen und deren Nebenwirkungen sind wohl d a s Thema des Autors Aron", meint sie und schaut ihren Rauchwölkchen hinterher.

„Warum belässt es der Erzähler beim anonymen ‚er'?", rätselt Emilie, ohne auf Melissas Einschätzung einzugehen. Demonstrativ schaut sie an ihr vorbei.

„Dabei ist es doch gerade dieser Anonymus, der zweimal eine Brücke baut."

„Du meinst, Kristoffersons Ohrwurm und der überraschende Griff zur Zigarette, Lars?", sagt Melissa. „Zweimal erfolglos, oder?"

Bei dieser Frage hält sie ihm ihr Zigarettenetui hin. Als er zögert, weist Emilie ihn zurecht.

„Lars, bitte!"

„Hast ja recht", sagt er.

„Das Rauchen hat er vor Kurzem erst drangegeben", sagt Emilie.

„Die Versuchung ist allerdings groß", orakelt er, spitzbübisch lächelnd, und handelt sich ihren missbilligenden Blick ein.

Sie wischt den Zigarettenqualm vom Tisch, obleich er schon einen anderen Weg genommen hat. Sie sucht nach Worten für einen passablen Ausweg, räuspert sich.

„Toms Intervention könnte Erfolg haben."

„Jedenfalls gibt der Erzähler uns in den drei Geschichten keine eindeutigen Antworten."

„Erwartest du tatsächlich solche Antworten, Lars?", fragt sie stirnrunzelnd. „Dann hätten wir nichts zum Nachdenken, nichts zum Diskutieren, nichts zum Streiten."

„Aus diesem Blickwinkel", sagt Melissa augenzwinkernd Richtung Lars, „habe ich noch nicht drauf geschaut. Hat vielleicht damit zu tun, dass ich eine einsame Leserin bin."

Bevor sie mit einem letzten Zug die *Eve* bis zum Filter auskostet, schnippt sie lässig die Asche ab und beobachtet, wie sie ihre Sneakers unter den Jeans besprenkelt.

„Geteilter Kunstgenuss hilft", sagt Emilie und setzt eine strahlende Maske auf. Dann schließt sie ihren Blouson, hakt sich bei Lars unter und verabschiedet sich schnippisch von Melissa.

Melissa zerquetscht die Zigarette unter den Sneakers und konsultiert das Smartphone. Ein Lächeln huscht ihr übers Gesicht.

Gespensterturm?

Flaumige Schneeflocken gleiten am späten Nachmittag des elften November durch die Luft und hüllen das Spitzdach des Schinderhannesturms in eine weiß-graue Decke. Die Dämmerung kriecht heran. Straßenlaternen gibt es nicht. Gebannt verfolge ich, im knöcheltiefen Schnee verharrend, den Weg einer einzelnen Flocke, die im stillen Tanz des Wirbels lautlos umherirrt. Schließlich lässt sie sich auf der Balustrade vor dem Turmeingang nieder.

Versonnen stapfe ich zur Außentreppe des Turms, rutsche aus und liege im Schnee. Ich raffe mich auf und gehe, nein stolpere, nach Luft ringend, die Stufen hoch. Vor dem Landeplatz meiner Flocke bleibe ich schwer atmend stehen. Sie hat sich in der Schneehaube, die den Balken bedeckt, aufgelöst.

Im Turm rumort es. Seltsam, kein Licht in seinen kleinen, vergitterten Fenstern. Die wuchtige Eingangstür ist verschlossen. Nur meine Fußstapfen im Schnee. Gefangene beherbergt der Turm schon lange nicht mehr. Wer könnte sich drinnen aufhalten? Wo es vermutlich nicht wärmer ist als hier draußen. Ich ziehe die Mütze tiefer in die Stirn und vergrabe meine Hände in den Manteltaschen. Im Turm poltert es. Das bilde ich mir doch nicht ein! Was tun? Neugierig bin ich schon. Obwohl ich ein merkwürdiges, ein ungewohntes Zittern der Finger verspüre und auch ein sonderbares Rauschen in beiden Ohren. ...

Wer hat die Turmschlüssel? Der Stadtbürgermeister wird mir helfen können. ...

Quietschend öffnet sich die Tür. Mit mir dringen Flocken hinein. Ich schließe die Tür. Den schummerigen Flur leuchte ich mit der Taschenlampe aus, die auffallend schwer in meiner Hand liegt. Es riecht nach Bohnerwachs und faulen Äpfeln. Hat ein Schiller sie hier aufbewahrt? Unter meinem Schritt knarrt die schmale Holzwendeltreppe, auf der ich mich vorsichtig Stufe um Stufe hinaufschraube. Zunächst kein weiteres Geräusch. Ein mulmiges Gefühl begleitet mich schon. Der Lichtstrahl wirft bizarre Schatten nach links und rechts. Spinnweben haben sich hier verbreitet. Die Spinnen leben nicht mehr. Ohne zu wissen, warum, zieht es mich in

© N. Thinnes

den dritten Stock, den Ausstellungsraum; im ersten Stock vorbei am farbenstrotzenden Wandbildnis des Ganoven Schinderhannes, der lässig an einem Baumstumpf lehnt. Da schießt eine Fledermaus durch den Lichtstrahl und jagt mir einen gehörigen Schreck ein. Mühsam habe ich das Obergeschoss erklommen. Von jetzt auf gleich wird mir schwummrig. Beim Überschreiten der Türschwelle springt eine Deckenfunsel an und spendet flackerndes Licht. Ein muffiger Geruch steht im Raum. Mit letzter Kraft schlurfe ich zum Holzschemel vor der Wand. Mein Blick fällt auf das lebensgroße Legendenpaar Schinderhannes und Julchen in der Ecke. Während ich schockerstarre, lösen sie sich aus ihrer Puppenstarre und nähern sich mir knarzenden Schrittes. Ein Kloß im Hals verhindert, dass sich Worte von meiner Zunge lösen. Ich bin zu keiner Bewegung mehr fähig.

„Wat is midäm?" Julchens Frage pocht wie von fern her an mein Ohr. Sie glotzt mich an, ein trotziger Stolz in ihren taubengrauen Augen.

Hannes zuckt die Achseln. Mit unverschämtem Grinsen stößt er meinen Kopf, der dröhnt, hin und her (ohne dass ich mich wehren könnte). Dann zerrt er mir Taschenlampe und Türschlüssel aus der Hand und die Brille von der Nase, um sie sich, albern kichernd, selbst aufzusetzen; ebenso meine Mütze, die rote Mütze. Grölend und pfeifend turteln die beiden aus dem Gewölbe. Die Deckenfunsel erlöscht. Wenig später fällt die Außentür ins Schloss. Dunkelheit, Stille und Kühle haben mich fest im Griff.

Nach einer Weile (Minuten? Stunden?) schrecke ich auf: gleißendes Licht und ohrenbetäubender Lärm. Karnevaleske Liliputaner umtanzen mich, den hilflosen, armseligen Gulliver; sie grimassieren, ziehen mir an Nase, Ohren und Haaren und bombardieren mich … mit Seifenblasen. Jemand öffnet die Fenster und Flocken strömen herein, die bald auf meinem Kopf landen.

Der Weckton meines Handys beendet abrupt den Spuk. Schlotternd rappele ich mich auf. Meine Brille ist weg. Drinnen und draußen ist es dunkel. Vorsichtig tastend, schleiche ich die Treppe hinunter. Die Außentür klemmt.

Filmriss. Ich stürze hinab, stürze durchs *Angstloch* und lande unsanft im Verlies: absolutes Dunkel, kalter, nasser Sandsteinboden mit einem Wackerstein, auf dem ich aufgeschlagen bin. Knie und Hüfte schmerzen höllisch, daß ich's nicht ohne Angstschweiß denke: Ein Schwein in seinem Stall hat's besser. Ich robbe zur Tür, wuchtig und eisenbeschlagen, wie klamme Finger es mein Hirn wissen lassen, als ich mich am gusseisernen Türgriff hochziehe. Doch der Ausgang ist abgesperrt. Ich fühle mich wie Dante im ersten Kreis der Hölle. Das Gefühl, im Nirgendwo zu sein, die Kontrolle verloren zu haben. Resigniert und wie vom Schlafe trunken, sinke ich hin. …

Ein dumpfer Donner lässt mich jäh emporfahren wie ein gewaltsam Wachgerüttelter.

Glücklicherweise spendet das Handy ein wenig Licht. Ich tippe die bekannten Ziffern ein.

„Ja bitte?", meldet sich verschlafen die vertraute Stimme.

„Bin im Schinderhannesturm, eingeschlossen, im Verlies. Du musst mich befreien."

Mein Sohn wird die Bangigkeit in meiner Stimme gehört haben! Nach ellenlanger Viertelstunde höre ich, wie sich der Schlüssel im Schloss dreht und die Tür aufgeschoben wird.

Johannes steht vor mir, in seiner Hand meine Brille, verbogen, zerkratzt, beschlagen.

„Die lag unten im Schnee", sagt er mit fragendem Blick und zeigt hinter sich. „Der Schlüssel steckte im Schloss."

© N. Thinnes

Die Phantasie des Lesers ist mein Co-Autor.

Familiengeheimnis

Es ist Sonntag, der dritte Mai, elf Uhr fünfzig. Kein Wölkchen trübt den frühlingsblauen Himmel. Ludwig, Simmerns Stadtführer, öffnet die Turmtür, die seltsamerweise noch abgeschlossen ist, und lässt seine Tübinger Besuchergruppe mit den Worten „Nou mol nenspazzeert" passieren. Neugierig erwartet man im leicht muffigen Turmflur Informationen zu Lokalgeschichte und Namensgeber. Mit kräftigem Armschwung stößt Ludwig, spitzbübisch lächelnd, den Eingang zum Empfangsraum auf. „Do kama bessa schwezze un aach lousdere", sagt er. Doch auf der Türschwelle bleiben alle abrupt stehen, als treffe sie der Schlag. Gespenstig die Szene: ein Mann in grauem Trenchcoat und mit Hut hockt zusammengesackt auf einem Stuhl vor einem schießschartenartigen Fenster. Eine mannsgroße Puppe neben ihm glotzt aus wasserblauen Augen zur Tür hin. In die bedrückende Stille hinein läuten die Glocken der nahen Stephanskirche.

„Ich bin Arzt", ruft ein Mann aus der Besuchergruppe. Anscheinend begabt mit dem sechsten Sinn, scheint er die Situation als erster erfasst zu haben, schiebt den Führer beiseite, eilt auf die beiden zu, bückt sich, schaut dem Mann in die Augen, fühlt dessen Puls (die Hände liegen gefaltet auf dem Schoß), erhebt sich und stellt nüchtern fest: „Er ist seit gestern tot."

Ludwig tippt eilends eine Nachricht ins Smartphone. Die Geschmeidigkeit des Arztes hat ihn offensichtlich irritiert. War der Tote ihm kein Unbekannter? Ludwig selbst scheint den Toten nicht zu kennen.

In das Geraune, das sich ausbreitet, hinein sagt jemand, den Befund des Arztes anscheinend nicht wahrhaben wollend: „Touristenattraktion, bloße Inszenierung, oder?"

„Wegen der Schinderhannesfigur, Doris?", fragt der Dicke neben ihr und zückt sein Handy, um ein Foto zu schießen. Womit er sich augenblicks Kopfschütteln und strafende Blicke einhandelt.

„Geschmacklos!", pflaumt ihn eine Blondgelockte an.

Da erschüttert ein ohrenbetäubender Knall den Turm. Ludwig eilt hinaus und ruft: „Mein Gott!"

Unterhalb der Balustrade ist ein Sprengsatz detoniert und hat ein riesiges Loch ins Pflaster des Vorplatzes zum Turm gerissen. Staubiger Qualm steigt auf.

Die Tübinger Touristen laufen schreiend an Ludwig vorbei, stürzen die Turmtreppe hinab, um Hals über Kopf ihr Heil in der Flucht zu suchen. Allein der Arzt, Doktor Paulus, steht seelenruhig neben Ludwig und meint: „Ich wette, da gibt`s einen Zusammenhang."

„Sie gucke zefill Krimis", knurrt Ludwig.

Paulus Brauen ziehen sich zusammen, auch seine schmalen Lippen. Seine Mundwinkel zucken.

Mit zittrigen Fingern nestelt er eine Marlboro aus seinem Etui und hält es Ludwig, der ihn kopfschüttelnd anschaut, hin. Der lehnt ab. Paulus zündet sich eine Zigarette an und starrt auf den Krater. Er bläst Rauchwölkchen aus der Nase und Rauchkringel in die Luft.

„Gut, dass Sie wenigstens nicht Reißaus nehmen", sagt Ludwig.

Ein Martinshorn ertönt, dann ein zweites. Kurz nach dem Streifenwagen biegt ein Sanka des Roten Kreuzes um die Ecke. Bremsenquietschend stoppt er ebenfalls vor dem Krater. Doktor Paulus schnippt seine Kippe über die Balustrade und begleitet die Sanitäter zum Fundort der Leiche. Kommissarin Corinna Schmidt lässt sich von Ludwig, den sie zu kennen scheint, über die Sachlage informieren und bestellt die KTU ein, zudem beim LKA einen Sprengstofftechniker.

„Das kann dauern", muss sie sich anhören.

Minuten später taucht die zuständige Staatsanwältin auf und nimmt den Totenschein des Arztes entgegen.

„Herzinfarkt, keine Frage. Er ist seit gestern tot. Die Totenstarre ist bereits ausgeprägt. Die Livores sind deutlich erkennbar."

„Also keine Obduktion vonnöten, Doktor Paulus?"

„Wird ohnehin viel zu häufig gemacht", antwortet er.

„Wissen wir, wer der Tote ist?"

„Doktor Franz Löwenthal, Frau Löwenbrück, langjähriger stellvertretender Schulleiter am Gymnasium, Simmerner Urgestein", sagt Schmidt und hält der Staatsanwältin den Personalausweis des Toten hin. „War in seinem Trenchcoat."

„Der hatte gestern seinen achtzigsten Geburtstag", sagt Löwenbrück mit nach oben gezogenen Brauen. „War wohl zu viel für ihn."

Paulus zuckt mit den Achseln und blickt die Staatsanwältin ausdruckslos an. Röte schießt ihr ins Gesicht. Sie räuspert sich und verabschiedet sich überhastet.

„Keine Geburtstagsfeier!"

Vor Wochen schon hatte Franz Löwenthal es allen unmissverständlich gesagt. Entschuldigen wollte er sich nicht für seine Entscheidung; sie zu begründen, dafür sah er keine Notwendigkeit. Warum aber war er dann an seinem Geburtstag zu Hause geblieben? Er musste doch damit rechnen, dass man bei ihm anklopfen würde. Wollte er es wieder einmal seinem ständigen Begleiter, dem Zufall, überlassen, was an diesem Tag passieren würde? Weil er wusste, dass die Freunde und Verwandten aus seinen verschiedenen Lebensphasen nicht miteinander harmonieren würden? Eine Geburtstagsparty also nur Ärger einbrächte, Missverständnisse und Fehlinterpretationen. Oder war es ihm mittlerweile gleichgültig, wer wann und wie eintrudeln könnte?

„So ist er halt", hatte sein Sohn Sebastian lapidar gesagt. Absichtlich hatte er die dritte Person Singular gewählt.

„Geworden", ergänzte Tochter Johanna besorgt.

Man kommunizierte per Zoom.

„In meinem biblischen Alter", hatte er ihnen entgegnet, „hat man mehr zu verlieren als zu gewinnen."

Den Fragezeichen in ihren Augen begegnete er mit dem Hinweis: „Mein Geburtstag birgt jede Menge Dynamit. Bestimmte Leute sollten sich nicht treffen."

Der Blickkontakt der Halbgeschwister (ihr Geheimcode) signalisierte, dass beide zu verstehen glaubten, was ihr Vater meinte. Deshalb trafen sie alsbald Vorkehrungen. Von denen er selbstverständlich nichts wissen durfte. Kämen die Gratulanten nacheinander, so ihr Kalkül, ließen sich Kontakte vermeiden. Timing und Taktung mussten stimmen. ...

Josef Paulus, Johannas Pate, hatte seinem väterlichen Freund Franz Löwenthal an dessen Geburtstag die Ehre erwiesen (erstmals seit vielen Jahren), als Vorletzter im Reigen der Gratulanten, die sich die Klinke in die Hand gaben. Franz' Ex Maria, Sebastians Mutter, war gegangen, als Josef aufkreuzte. Ihre flüchtige Begegnung auf der Türschwelle schmerzte ihn. Schmerzte aber auch sie, das sah er in ihren traurigen, verlorenen Augen. Johannas Mutter Hannah löste nach einer Stunde Josef ab.

Beide Frauen hassten einander, doch mehr noch hassten sie ihn, hassten sie ihren Ex-Ehemann Franz Löwenthal. Was sie natürlich nie zugeben würden. Die bürgerliche Fassade gilt es aufrechtzuerhalten.

Würde seine Theorie den Praxistest bestehen? In seinen Ohren klingt sie überzeugend. Doch würde man sie ihm abnehmen? Ohnehin würde er sie allenfalls häppchenweise preisgeben. Und auch nur dann, wenn eine Hauptkommissarin Corinna Schmidt ihn in die Mangel nehmen sollte oder eine Oberstaatsanwältin Löwenbrück. Doch warum sollten sie das tun? Das Familiengeheimnis, so viel steht fest, muss gewahrt bleiben. Koste es, was es wolle. Dafür hat er gesorgt. Um die schlimmstmögliche Wendung zu verhindern, die Entblößung des Familiengeheimnisses. Es gibt nun mal Dinge, die gehören nicht in die Öffentlichkeit. Nicht einmal in den Dunstkreis der Familie. Auf Maria hat er sich immer verlassen können. Wie aber war Franz Löwenthal nur hinter das Geheimnis gekommen? Und warum in Gottes Namen blieb er stur und unbelehrbar?

Urnenbestattung drei Tage später im engsten Familienkreis.

„Worum hot de Doktor Paulus gesaat, it gäb en Zesammehang? De is doch nit bleed", rätselt Ludwig. „Awa en komischa Kauz."

„Wat fären Zesammehang?", fragt seine Frau und blickt von ihrer Arbeit auf.

„Na zwische dem dode Löwedahl un der Explosion."

„Mach da keene Kopp", wirft sie ihm an denselben und widmet sich weiter ihrer Häkelei.

„Iwa die Sach muss ich emol mit der Fraa vun da Polizei schwetze", sagt er, mehr zu sich selbst als zu ihr. „Awa devor losse isch ma die Hoor schneire. Do hört ma, wat ma so in da Stadt mungelt."

In der Tat simmert es auf der Suppe, die in der Gerüchteküche köchelt. Die einen vermuten, dass der Einschlag vor dem Schinderhannesturm ein Versehen gewesen sei; ein anderes Ziel habe angegriffen werden sollen – welches, darüber gehen die Meinungen auseinander. Die Asylantenanlaufstelle sei eines. Andere vermuten, der fremde Arzt, der den Tod des geschätzten Doktor Löwenthal festgestellt habe, könne ein Ziel gewesen sein. Dieser Arzt habe sich, wie man höre, doch recht merkwürdig verhalten. Wieder andere meinen, die Tübinger Touristengruppe habe man im Visier gehabt. Wer „man" ist, darüber wird ebenso heftig gestritten wie über das Warum. Wer, was, wie und weshalb getan hat, das ist mangels Fakten ohnehin Anlass für wildeste Spekulationen.

„War vielleicht ein Fehler, den Leichnam nicht obduzieren zu lassen", räumt Staatsanwältin Löwenbrück zerknirscht ihrer Chef-Ermittlerin gegenüber ein.

„Wir sollten uns an die Fakten halten", beruhigt Corinna Schmidt.

„Und die wären?"

Die Zeugenbefragung im Umfeld des Schinderhannesturms hat ergeben, dass eine Drohne den Sprengsatz über dem Turmhof abgeworfen hatte. Die Materialanalyse der Sprengstofftechniker bestätigte, was die Zeugen beobachtet hatten."

„Hinweise auf einen Zusammenhang mit dem Todesfall?"

„Sie meinen, Hinweise auf die Situation, in der man den Toten im Turm gefunden hat, Frau Löwenbrück?"

Sie nickt.

„Keine."

„Bloßer Zufall also?"

„Daran mag ich nicht glauben."

„Aha?"

„Grundsätzlich, aber auch wegen dieses ominösen Doktor Paulus. Irgendetwas stimmt mit dem nicht."

„Bauchgefühl?"

„Stellen Sie sich vor, Frau Löwenbrück, Sie müssten in einem Krimi dessen Rolle besetzen. Welchen Schauspieler könnten Sie sich vorstellen? Sie haben Paulus ja auch life erlebt."

„Ulrich Tukur oder Matthias Brandt", kommt die Antwort wie aus der Pistole geschossen."

„Sehen Sie", sagt Corinna Schmidt und nickt. „Charmant, aber undurchsichtig."

„Was wissen wir über ihn?"

„Wir haben recherchiert. Er stammt usprünglich tatsächlich vom Hunsrück, aus Oberkostenz. Eltern verstorben. Keine Geschwister oder andere Verwandten. Nicht verheiratet. Arbeitet in Tübingen in einer Privatpraxis als Psychotherapeut. Teilzeit. Gute Referenzen. Die übrige Zeit lobbyiiert er vermutlich, für ein Elektronik-Startup."

„Interessant. So könnte sich der Besuch der Tübinger Gruppe in Simmern erklären", sagt Löwenbrück. „Keine Verbindungen zum Toten?"

„Wir arbeiten daran. Mit einem Pietätsabstand von ein paar Tagen werden wir Löwenthals Kinder kontaktieren. Die studieren in Frankfurt und Mainz."

„Halten Sie mich auf dem Laufenden, Frau Schmidt."

„Sie kennen Doktor Paulus, Frau Löwenthal?"

„Er ist mein Patenonkel."

„Wann haben Sie ihn zuletzt gesehen?", fragt Schmidt, bemüht, sich ihre Überraschung nicht anmerken zu lassen.

„Bei der Beerdigung meines Vaters, Frau Kommissarin", sagt Johanna Löwenthal, „letzte Woche."

„Dokor Paulus stellte den Totenschein aus. Dass er den Toten kenne, hat er uns verschwiegen. Können Sie sich das erklären?"

Johanna geht zum Fenster, öffnet es und zündet sich eine Zigarette an.

„Ich bin angehende Ärztin und weiß, dass man in solchen Situationen professionelle Distanz an den Tag zu legen hat. Aber fragen Sie ihn selbst, Frau Schmidt", weicht sie aus, ohne mit der Wimper zu zucken.

„Was ist er für ein Mensch?", lässt Corinna Schmidt nicht locker, wird aber mit einem „Keine Ahnung" abgespeist.

„Habe ihn die letzten Jahre aus den Augen verloren. Er hat sich rar gemacht."

„Und früher?"

„Keine Erinnerung."

„Noch eine Frage", Frau Löwenthal."

„Nur zu."

„Wie hat Ihr Bruder – ist der übrigens jünger als Sie?"

Johanna nickt.

„Also, wie hat er auf das, was sich am Schinderhannesturm ereignet hat, reagiert?"

„*Shit happens.*" ...

„Was studieren Sie, Herr Löwenthal?"

„Elektrotechnik, Herr Kommissar."

„Da kennen Sie sich mit Drohnen aus und mit ...""

„ ... Sprengstoff", unterbricht Sebastian ihn.

„Aha?", entfährt es Bachmann.

„Klar doch. Ich hab die Sache mit der Explosion am Schinderhannesturm ausgeheckt", raunt er mit einem schrägen Grinsen. „Ein Terrorakt."

„Dachte ich mir", lässt Jörg Bachmann sich flugs auf die ironische Nummer ein. „Fehlt nur Ihr Motiv."

„Da muss ich passen, Herr Kommissar."

„Schade."

„Josef ist, so viel sei gesagt", lässt Sebastian sich dann doch zu einer weiteren Bemerkung herab, „Josef ist jedenfalls keinesfalls ein Arschloch, das ich auslöschen wollte."

„Sondern?"

„Na ja, ein verlässlicher Freund, immer da, wenn Not am Mann ist."

„Heißt?"

„Ich bitte Sie, Herr Kommissar! Unsere Privatkiste werde ich bestimmt nicht öffnen, für Sie schon gar nicht."

„Seltsam abgeklärt, wenn nicht gar abgebrüht, die beiden", sagt Corinna Schmidt, als sie sich mit Jörg Bachmann austauscht.

„Eiskalt, aalglatt und arrogant, dieser Sebastian, Löwenthals ‚Sohn'", sagt ihr Kollege. Der hat's faustdick hinter den Ohren. Unsere spekulative Hypothese hat er jedenfalls gründlich pulverisiert: ‚Shit happens!'"

„Vielleicht wollte er jemandem etwas beweisen", rätselt seine Chefin.

„Und das ist gründlich in die Hose gegangen", meint Bachmann. „Dieser Jemand ist, wenn du mich fragst, Corinna, Doktor Paulus."

„Können wir's beweisen?"

„Ich fürchte, nein", sagt Bachmann mit resigniertem Seufzer.

„Shit happens", sagt seine Chefin achselzuckend.

So lautet der Titel der ersten Kurzgeschichte, die Corinna, wie sie im selben Moment beschließt, schreiben wird.

Shit happens

Er hatte alles in seiner Macht Stehende getan, das Geheimnis des Familienclans zu hüten und es wetterfest zu machen. Dabei war er weder Familienmitglied noch von der Familie autorisiert. Und doch oder vielleicht deshalb fühlte er sich berufen zu tun, was getan werden musste. Dafür gab er sogar seinen hippokratischen Eid mitsamt Trenchcoat und Hut an der Garderobe ab, bevor er hinter und auf der Bühne Fakten schuf, um dann im Zuschauerraum Platz zu nehmen. Irgendwie ließ ihn das alles an die bizarre Tragikomödie denken, die als Medienecho gerade aus dem Wahlkampf in den Vereinigten Staaten herüberschwappte.

Die Kriminalermittler einzulullen erwies sich als nicht allzu schwer, jedenfalls war es einfacher, als die Medienschnüffler in Schach zu halten.

Den Theaterdonner vor dem Schinderhannesturm hatte er nicht im Gepäck, aber er spielte ihm in die Karten. Denn den konnte er sich (anders als seine willfährigen Komparsen) erklären: Shit happens.

Bilderverzeichnis

Außer den Tintenzeichnungen sind alle Originale in bunter Farbe

Gerd Tesch, 1950 im Hunsrückdorf Pfalzfeld geboren, studierte an der Johannes Gutenberg-Universität Mainz Germanistik, Allgemeine Sprachwissenschaft, Politikwissenschaft und promovierte in Philologie. Er arbeitete in etlichen rheinland-pfälzischen Gymnasien, zuletzt bis zur Pensionierung als Schulleiter des Gymnasiums Kirn.

Zu Norbert Thinnes siehe
https://zeichnungen-thinnes.de/

Literarische Veröffentlichungen von Gerd Tesch

Kriminalromane:

Tod am Radweg, 2016
Hunsrück-Wolf, 2017
Hunsrück-Skandal, 2019
Eisbergiade, 2019
Finale Rache, 2020
Corona, kopflos, 2020
Unerhörte Enthüllungen, 2021
Zielscheibe Ströher, 2021
Selbstbildnis mit Pickelhaube, 2022
Die Unerwarteten, 2022

Erzählungen:

Gestern ist heute, 2018
Vorlesen im Altenheim, 2020
Vorlesen im Seniorenheim, 2020
Martha und meine Geschichte(n), 2021
Das blaue Pferd, 2023
Neapel ist (nicht) weit, 2024
Die Leiche vorm Altar, 2024